Frédéric BERNARD

VOYAGE

POUR UN OUBLI

Les Presses du Midi

Impression PDM

---

121 avenue d'Orient - 83100 Toulon
Tel. : 04 94 16 90 20 - Fax : 04 94 16 90 29
Dépôt légal juin 2003
ISBN : 2-87867-477-4

Il s'appelait Pedro et logeait dans un « bohio » pas loin de Guardalavaca. C'était un homme au teint mat, d'une trentaine d'années, beau s'il n'avait été couvert de pansements sur tout le corps le visage excepté, bien rasé, barré d'une fine moustache que Miguel, ancien guajiro, nom désignant le paysan cubain - bien connu dans la région - armé de ciseaux rouillés, lui taillait chaque matin. Le visage de Pedro était la seule partie visible, ainsi que ses parties génitales restant hors d'une couche-culotte sous les draps de toile grise de son lit rustique. Ses autres membres étaient entortillés de pansements qui le faisaient souffrir.

Tous les jours, Carlos, le vieux médecin, venait les lui changer et le débarrasser des débris de verre encore incrustés dans sa peau. Avant les opérations, il lui faisait une piqûre pour atténuer ses souffrances. Pedro transpirait sous le ventilateur bruyant, quémandant sans cesse de la bière fraîche qu'on ne voulait pas lui donner, alors il se contentait de boire de l'eau. Ses mains étaient comme deux moignons qu'il ne parvenait ni à ouvrir, ni à fermer, seul le vieux grincheux avait le droit de dérouler les bandes Velpeau sanguinolentes qu'il changeait tous les jours.

Carlos était un homme d'environ soixante-dix ans, noir de peau, sale, sentant le tabac et le rhum, les dents noircies par la nicotine de ses cigares, ou absentes faute de les avoir soignées, ses mains impeccables restaient toujours nettes, sur sa peau noire, ses cheveux tous blancs et bouclés étaient raidis de ne les avoir jamais lavés, et son sourire édenté ne rassurait pas Pedro lorsqu'il le voyait arriver avec ses pinces, ses agrafes et ses fioles de liquide de différentes couleurs. Pedro avait une jambe complètement immobilisée qui le faisait horriblement souffrir, Carlos le rassurait en lui disant que c'était la guérison qui commençait à chatouiller. Depuis combien de temps se trouvait-il là ? Pedro l'ignorait. Autour de lui, tout le monde parlait espagnol, sauf Catalina, la fille, qui faisait des efforts dans un français roulant.

Il y avait Émilia, la mère, qui veillait tendrement sur lui, courant chercher Carlos dès qu'il souffrait trop, lui procurant un peu de fraîcheur en tamponnant son front avec un linge humidifié de rhum. Elle avait les cinquante ans passés, et s'exprimait plus mal que n'importe lequel d'entre eux. Elle était très brune de peau, alors que son mari, Miguel, était blanc. Celui-ci, la soixantaine, petit et rondelet, le crâne chauve, passait son temps à promener sa machette pendue à sa ceinture, souvenir de son ancien travail de macheteros, coupeur de cannes, qui lui servait pour les menus travaux autour de sa maison, à couper l'herbe avec laquelle il nourrissait ses lapins et ses nombreuses poules toutes maigres, à frapper du plat de la lame sur les piquets de la clôture pour les renfoncer, fendre les noix de coco et même à couper le bout de son cigare.

C'était un homme courageux, qui n'hésitait pas à faire cent kilomètres à cheval pour aller jusqu'à Santiago acheter les remèdes qu'ils ne trouvaient pas en bord de mer pour leur ami Pedro qui demandait beaucoup d'attentions. À présent qu'ils l'avaient chez eux, il fallait bien qu'ils le soignent… punga ! En plus, il mangeait comme quatre… ! préférant le porc à la poule et l'omelette aux haricots noirs.

Pedro avait accès avec le pied droit, dont les orteils étaient encore mobiles, à une vieille chaîne pendue au mur, démarrant le ventilateur se trouvant au-dessus de son lit. La pièce était petite, un rocking-chair trônait dans un coin, sur lequel prenait place Catalina, la fille d'Émilia, pour le regarder dormir, en se balançant mollement.

Elle devait avoir vingt ans, et d'une beauté rare. Sa peau bien bronzée et ses yeux d'un noir d'encre sous ses sourcils finement dessinés s'éclairaient de lumières scintillantes lorsqu'elle souriait. Petite comme son père, elle avait une grande classe lorsqu'elle se déplaçait, faisant voler sa jupette dans la douce brise marine du soir. Sa poitrine, libre sous son chemisier, apparaissait parfois entre deux boutons mal fermés, comme deux coques aux bouts pointus, griffant les parois de soie brodée. Son port de tête sur ses frêles épaules était hautain. Chaque soir à la même heure, le ventilateur s'arrêtait, déclenchant le gros frigidaire américain qui ne distribuait plus de glaçons depuis longtemps. Cuba tombait dans l'obscurité pendant plus d'une heure. Tout disjonctait. C'était une heure que Pedro haïssait, non parce que les boissons se réchauffaient, mais parce que l'air lui manquait. Émilia venait alors l'éventer avec une grande feuille du bananier qui poussait en face de chez eux, dans l'obscurité, elle enlevait le drap qui le recouvrait, ce qui ne changeait rien au niveau de l'aération, Pedro n'étant plus qu'une momie. Que s'était-il passé ?

Plusieurs fois il avait essayé de poser la question à ceux qui s'occupaient de lui. Carlos ne comprenait rien, Miguel sortait aussitôt de la chambre en regardant la terre battue, Émilia répondait toujours « Si… ! Si… ! », Catalina se contentait de lui montrer ses jolies dents en disant qu'il serait guéri demain… Quant à Alonso, son frère, parti toute la semaine à La Havane pour son travail, il ne le voyait que le dimanche après-midi, avant qu'il ne reparte. Il y avait bien

Rosa, la voisine, qui devait habiter à une heure de cheval, venant comme une amazone rendre visite à Émilia, lui échanger quelques porcelets tout noirs, contre quelques poules squelettiques qu'elle entassait dans une caisse toute pourrie, servant sûrement depuis longtemps. Pedro voyait leurs transactions par la grille de sa chambre donnant sur le terrain couvert de cocotiers et de palmiers. Les deux femmes étaient du même âge. Rosa était filiforme. Émilia, après avoir eu deux enfants et coupé la canne à sucre avec son mari, était restée musclée, forte de taille et gaillarde pour les travaux agricoles. C'est elle qui tuait les animaux, faisait la cuisine, retournait la terre dans laquelle Miguel plantait les légumes, portait sur la tête les jerricanes remplis d'eau, et s'occupait comme une infirmière des soins journaliers de leur hôte.

Rosa n'avait pas le droit de rentrer dans la chambre mais savait que Pedro était là. Quand elle descendait de cheval en se laissant glisser sur son flanc, elle venait aussitôt passer la tête entre les barreaux pour le regarder et le saluer d'un « holà ! » sonore et chaleureux. Elle semblait sale mais elle était belle et Pedro aurait voulu rester en sa compagnie plus longtemps. Émilia, à grandes enjambées, l'attirait du côté des poulets qu'elles attrapaient à deux, chargeait la caisse de bois, lui offrait un rhum et l'aidait à remonter sur son cheval. Rosa se tournait alors vers la fenêtre garnie de barreaux, faisait un geste d'adieu dans sa direction, sachant que Pedro la regardait partir.

Il baignait dans l'humidité constante des pansements serrés autour de ses membres brisés, sentait couler sa transpiration. Dans l'un de ses bras, fracturé à plusieurs endroits, Carlos avait mis deux broches. Une jambe, la gauche, celle qui le faisait souffrir, était consolidée de plaques de cuivre pour resserrer les os, à l'aide de vis qu'il avait trouvées dans une clinique à La Havane. Il était revenu avec ce matériel qu'il avait enfermé dans un placard, d'où sortaient en courant, lorsqu'il l'ouvrait, des dizaines de cafards qui devaient y loger. Les produits antiseptiques ainsi rangés dans de gros bocaux bien fermés ne craignaient pas d'être souillés. Dans cette clinique de La Havane, Carlos avait travaillé voilà bien longtemps comme chirurgien, après avoir fait ses études en Floride, il y était entré à l'âge de trente-deux ans, et était devenu l'un des meilleurs chirurgiens du centre.

Préférant le rhum et les filles, au bout de quinze années de services, il fut mis dehors suite à une opération malheureuse qui tua deux personnes, la mère et l'enfant. Il sombra dans l'alcool et les femmes qui ruinèrent sa vie et le peu d'argent qu'il s'était mis de côté. Aujourd'hui, il vivait des soins qu'il prodiguait autour de lui, ne sachant même plus parler suite aux litres de rhum qu'il avalait.

Nous étions en été, et le ciel grisâtre était souvent annonciateur de pluie, la chaleur avoisinait les trente degrés dans une moiteur quasi permanente. Catalina, la fille, lui avait dit qu'ils étaient en juillet, Pedro n'ayant pas la notion du temps. Ses repas étaient apportés à heures fixes, sur une planche qu'elle installait en équilibre au-dessus de son lit, sur deux barres bricolées par son père, puis Émilia lui donnait la becquée à l'aide d'une cuillère de bois, Pedro redemandait toujours du sel alors que Carlos l'avait interdit. Ce Carlos était ivre du matin au soir, engloutissait des litres de rhum. Complètement imbibé, il ne dessoûlait jamais.

Habitant près de Banès, dans une petite localité perdue dans les terres, il avait un quatre-quatre qui lui servait à faire une foule de choses, se rendre chez ses patients, faire des travaux agricoles, tirer la charrue à travers champs, rentrer la canne à sucre, le riz, et même servir de salle de spectacle pour les enfants de son quartier puisqu'il leur installait un téléviseur à l'avant pour qu'ils puissent voir les matchs de foot les jours de pluie. Son petit bohio n'aurait jamais pu contenir une dizaine d'enfants qui se blottissaient sur les deux sièges éventrés.

Dans une plus petite cabane du bord de plage, sous les cocotiers, demeurait Léonardo, le simplet du coin, qui ne supportait pas de voir les chiens errants et les chassait en leur envoyant des pierres. C'était également celui qui faisait tomber les noix de coco pendues aux arbres, de manière à ce que personne n'en reçoive une sur la tête. Catalina avait dit à Pedro que c'était parce qu'il en avait reçu lui-même trois qu'il était devenu aussi bizarre. Quand il passait à proximité de la chambre de Pedro, il s'accrochait à la grille, se balançait d'avant en arrière comme s'il voulait l'arracher et lui souriait en ricanant. Miguel le lui avait interdit et l'avait frappé alors qu'il ne s'y attendait pas. Il partait alors en hurlant comme font les chiens qui reçoivent une volée de cailloux.

Les journées étaient longues et les nuits encore plus longues, Pedro avait beau réfléchir sur sa situation, il ne comprenait rien. Pourtant, un jour qu'il en avait assez, ayant essayé de se lever, il retomba en criant sur le sol de terre battue. Attiré par ses cris, Catalina était accourue, suivie de sa mère, Émilia, qui prenait un repos sous le grand amandier taillé comme une boule. Sentant sa jambe gauche craquer, il amortit le choc à l'aide de ses mains bandées, et ses pansements se reteintèrent de sang tandis qu'Émilia courait chercher le vieux Carlos.

« Cuidado… ! Cuidado… ! » disaient-ils en remettant Pedro sur son lit ; Carlos était furieux, rendant responsable les deux femmes de ce qui venait d'arriver et Pedro s'évanouit de nouveau. Il fut réveillé par l'air frais flottant autour de lui, le vent avait changé d'orientation, pénétrant par la fenêtre de sa chambre, le vieux docteur refermait sa boîte de fer sur la longue seringue en verre, tandis qu'il éprouvait un besoin de dormir, regardant Catalina qui pleurait, toujours aussi belle qu'elle l'était tous les jours de la semaine, mais de quel jour ?

Lorsqu'il se réveilla, la nuit était tombée. Au-dessus de son lit, on avait tendu un grand tulle qui empêchait les moustiques de le piquer, il entendait le ronron régulier du ventilateur, et le peu de clarté venant du ciel lui laissait entrevoir, assise et se balançant, Catalina qui ne dormait pas, sa silhouette se découpait sur le mur blanchi à la chaux. À mi-voix, il s'inquiéta :

- Catalina, c'est toi ?

- Oui Pedro, dors, je suis là.

- Depuis quand je suis ici ?

- Demain, tu seras guéri, mi amor.

Elle l'appelait comme sa mère, « mi amor », et il ne comprenait pas pourquoi. L'effet de la piqûre lui avait fait du bien, il sentait moins ses blessures, le sommeil l'avait un peu ragaillardi.

- J'ai faim, Catalina, et soif !

- Chuttt ! Je reviens.

Il l'entendit aller vers l'autre pièce, ses pieds nus claquaient sur le sol. Ses parents dormaient dans la pièce d'à côté. Il l'entendit revenir, sentit son odeur un peu forte et ses doigts se poser sur sa bouche. Elle entrouvrit ses lèvres, lui fit boire un grand verre d'eau, puis ronger une aile de poulet accompagnée de bananes frites qu'elle lui mettait avec douceur dans la bouche. Il appréciait ce repas pris dans l'obscurité, sous le voilage, avec Catalina qui avait pris ses aises.

- Tu peux augmenter la ventilation ? lui demanda-t-il.

Elle quitta le lit, alla en direction de la chaînette qu'elle fit grincer. Le ventilateur brassa tout de suite l'air en faisant un bruit d'hélicoptère à l'arrêt.

Elle revint s'asseoir, ramena le rideau sur leurs deux corps pour ne pas être piquée et lui essuya la bouche avec un linge humide.

- Je te remercie Catalina, tu es gentille, lui dit-il. Quel jour sommes-nous ? Tu comprends ? Quel jour ?

- Mardi, mi amor, répondit-elle d'une petite voix endormie.

- Où as-tu appris le français ? s'inquiéta-t-il.

- Maintenant, tu dois dormir, fit-elle avec autorité.

- Mais, je viens de dormir ! Quelle heure est-il ?

C'était une maison sans heure, ni les uns ni les autres ne possédaient de montre.

La bouche de Catalina se posa sur sa joue, le rideau se releva et le fauteuil reprit sa cadence de balancement.

Le silence à l'intérieur de la maison était insupportable. Dehors, les poules dormaient et quelques bêtes errantes couraient sur la terre rafraîchie par la nuit ; demain, il demanderait à Miguel pour sortir, avec ou sans l'autorisation de ce vieux poivrot de Carlos.

Quand il ouvrit un œil, il vit Salvador, Espagnol, celui-là, jusqu'au bout des bottes, fils d'un propriétaire d'hacienda, prêtant souvent ses chevaux à Miguel ou à Émilia pour qu'ils se rendent dans la ville voisine acheter des produits qu'ils ne trouvaient pas chez eux.

C'était vrai pour le café, les cochons, le coca, le bœuf et d'autres produits de première nécessité tels que le savon, le pétrole, les cigares et les allumettes.

Pour le reste, à part les produits médicaux que Carlos trouvait à La Havane, ils avaient tout sous la main. Les ananas, les salades, les concombres et les tomates étaient cultivés dans le grand potager. Le riz restait entreposé dans un cellier pour l'année, quant aux haricots, ils poussaient comme la mauvaise herbe, envahissant le jardin et les abords des fossés. Salvador était un homme fringuant, fier, fort, et éperdument amoureux de Catalina.

- Buenos dias, Pedro !

- Holà, Salvador !

- Comment te passe ?

- Bueno, bueno, gracias.

Il sentait l'eau de Cologne dont il s'était aspergé et ses cheveux, comme laqués d'un cirage noir brillant, lui donnaient un petit air de comédien d'opérette ; sa moustache, taillée au millimètre, ourlait ses lèvres en un ovale parfait d'une commissure à l'autre, et les pattes qu'il se laissait pousser le long des oreilles, un petit air rétro.

Ses vêtements étaient simples mais de belle qualité, toujours propre comme la plupart des gens du pays, il attendait que Catalina ait fini sa toilette pour l'emmener à cheval à Holguin où il devait traiter avec un autre propriétaire de chevaux. Ils allaient faire soixante kilomètres, en passant par des petits chemins impraticables que lui seul connaissait, et mettraient la journée pour effectuer l'aller et retour, rentrant tard dans la soirée. Catalina sortit de sa chambre, vêtue d'une jolie robe longue empruntée à sa mère Émilia, l'embrassa, puis alla libérer le lit de Pedro de sa moustiquaire. Elle l'embrassa sur le front, le débarrassa d'un drap un peu lourd sur ses jambes blessées, lui fit boire un peu d'eau. Ils quittèrent la pièce dans laquelle venait de rentrer Carlos pour les premiers soins. Pedro se retourna vers la fenêtre, vit Salvador soulever Catalina pour la mettre à l'avant de sa monture, puis sauter derrière elle après avoir libéré son cheval attaché au bananier.

Pedro ayant des fourmis dans un bras, en fit la remarque à Carlos qui préparait sa seringue avec tranquillité et précision, malgré l'âge et l'alcool qui le détruisaient, les mains du pauvre vieux ne tremblaient jamais. Pedro lui fit des gestes désespérés avec son bras gauche, le plus abîmé, tapotant son bras droit et faisant des « Pitt ! Pitt ! » aigus ; Carlos le regardait avec attention, reposa sa seringue et appela Émilia. Celle-ci vint immédiatement, les manches retroussées, l'air inquiète, un drap roulé mouillé sur l'épaule, Carlos lui désigna alors Pedro qui remima la même scène, ils se regardèrent et échangèrent quelques mots. Il s'assit sur le bord du lit, lui prit le bras et commença à enlever la bande tandis que Pedro lui criait :

- Si… si… gracias, Carlos !!!

Émilia lui caressait doucement le bras endormi. Avec sa seringue, ayant écarté un morceau de tissu dans le bas de ses reins, il lui enfonça l'aiguille avec le produit calmant, puis enleva les bandes de son bras gauche d'où dépassaient deux tiges métalliques couvertes de sang séché, lui faisant comprendre que bientôt, il les sortirait ; il prit sa pince et fourragea dans la peau de sa main gauche pour enlever les derniers morceaux de verre, épongeant au fur et à mesure le sang qui s'écoulait. Pedro avait chaud, des gouttes trempaient son front, coulaient sur ses joues, pour aller se disperser dans son cou ; parfois, aux brusques assauts donnés par la pince du docteur, il se rétractait en jurant pour se soulager.

Émilia qui semblait comprendre, lui maintenait le bras pour ne pas que Carlos le blesse un peu plus, son scalpel ouvrait les chairs aux endroits les plus abîmés, ce qui le mettait dans un état de révolte intense. S'il n'avait pas été maintenu et soigné avec autant de dévouement, il les aurait sûrement déjà frappés.

Quand il eut terminé son travail, il fit couler un produit sur les plaies, reprit une bande et refit le pansement jusqu'en haut de l'épaule. De son côté, Pedro bougeait les doigts de sa main droite maladroitement. Émilia lui rendit trois cachets avec un peu d'eau avant qu'il ne prenne son petit déjeuner.

Quand Carlos fit mine de rebander son bras droit, il hurla :

- Por favor ! No… ! No… ! Pas ça !

Ils parlèrent de nouveau entre eux. Carlos, en examinant la main, lui dit toute une phrase dans laquelle Pedro comprit « Cuidado ! », qui signifiait attention, remit son matériel dans le placard sans oublier de le passer dans un appareil électrique tuant les mauvais germes de ses outils.

Une fois parti, Émilia revint avec sa planche sur laquelle étaient disposés une assiette avec des rondelles d'ananas, une goyave, du pain avec de la confiture, un grand café fumant et quelques rondelles de banane plantain. Pedro lui fit comprendre de ne pas disposer l'ensemble, prit d'un besoin sérieux qui ne pouvait plus attendre. Émilia posa sa planche sur les accoudoirs du rocking-chair qui se pencha vers l'avant, tira sous le lit un bassin qui avait dû être émaillé et le glissa sous son corps après lui avoir enlevé ses couches.

Plein de honte et de gêne, il ferma les yeux pour ne plus rien voir autour de lui, il savait qu'Émilia était à ses côtés, attendant qu'il ait terminé pour le laver, c'était le moment le plus atroce, qu'il était obligé de vivre deux fois par jour, ou une fois la nuit selon son rythme.

Son éponge était rugueuse, mais Émilia le faisait avec tellement de tact et avec un tel sourire spontané à l'adresse de Pedro, que ce dernier, avec des hochements de tête, lui faisait comprendre qu'il en avait assez de lui infliger cette sale besogne. Quand elle avait fini, elle lui passait la main dans les cheveux et le gratifiait d'un « Non entiendo, mi amor ! ».

Bien sûr qu'elle le comprenait, mais elle jouait le jeu pour ne pas le blesser plus qu'il ne l'était. Il levait à présent son bras droit et pouvait, avec la cuillère, mélanger le sucre de son café, pour la première fois, il se sentait un peu plus libre, mais n'arrivait pas encore à tenir sa tranche d'ananas qui lui filait entre les doigts meurtris. Elle le faisait manger doucement, essuyant la confiture restée accrochée au bas de sa moustache ou ayant coulé sur son menton. Elle s'appliquait tellement, qu'à chaque bouchée, qu'à chaque cuillerée, elle passait sa langue hors de sa bouche, comme le font les mères en nourrissant leurs petits. Sentant les effets de la piqûre, il demanda à Émilia d'enlever la planche, la gratifia d'un sourire et d'un très grand merci. Par la fenêtre, le soleil venait inonder le pied de son lit, la chaleur allait être importante, il n'avait pas encore vu Miguel qui devait être aux champs. La journée sans Catalina allait être longue. Il s'endormit en pianotant avec les doigts de sa main droite sur le dessus du drap rugueux, bercé par le bruit des pales du ventilateur qu'Émilia venait d'accélérer.

Miguel s'était approché de son lit pour voir s'il dormait et lui demander s'il pouvait lui amener son repas du soir. La nuit était tombée brutalement. Des lampes à pétrole allumées par Émilia avaient été placées dans les trois pièces, sauf une, qu'elle n'allumait que de temps en temps quand ils prenaient leur repas dans la cour, suspendue à la branche du vieux manguier. Les bottes de cuir de Miguel crissèrent et Pedro se réveilla. Il venait de rêver qu'il était ailleurs avec d'autres gens qui le connaissaient fort bien, mais que lui, ne reconnaissait pas ;

- Buenas tardes ! fit Miguel. Va bene ?

- Si ! répondit-il tout endormi.

Instinctivement, il regarda son poignet et sa main qui était libre, puis demanda après Catalina.

- No se ! répondit son père.

Quelques minutes plus tard, il revenait avec son repas, composé de haricots noirs et d'un morceau de poulet grillé. Pedro lui fit signe qu'il voulait écrire, Émilia revint avec une feuille de papier et un crayon. S'appuyant sur la planche, il dessina une sorte de brancard avec deux roues et un petit bonhomme allongé dessus qu'il désigna comme étant celui-là et dit :

- Miguel... Miguel... quiero !

Elle appela son mari qui se pencha sur le dessin, réfléchit et dit en riant :

- Carro ?

- Si ! Si ! répondit Pedro en souriant. Por favor !

Avec son stylo, il frappait sur la planche et montrait en même temps le brancard à Miguel dont les yeux s'étaient mis à briller, son menton ouvert par un coup de machette dans sa jeunesse ne portait aucune trace de poils, seule sa moustache frémissait. Il reprit la feuille et le stylo, fit un signe de tête vers Pedro qui commençait à manger avec Émilia et qui le suivit, les laissant tous les deux créer leurs ombres chinoises sur les murs blancs, aidés pour cela par la vieille lampe à pétrole. Émilia souriait plus que d'habitude.Dehors, ils entendaient Miguel frapper, remuer de la ferraille. Il revint triomphalement avec une vieille roue de bicyclette dans chaque main, les bras en croix et criant à Pedro :

- Carro ! Carro ! Si !

Et il le désignait pour les lui offrir.

Pedro savait qu'il avait tout compris, le remercia, sous les rires aigus d'Émilia. Les lampes avaient été soufflées, le silence entourait les lieux. Dans son lit, il songeait à plein de choses, il écoutait la nuit, à l'affût du moindre bruit pouvant lui indiquer le pas d'un cheval.

Il s'ennuyait. Ne sachant pas ce qui lui était arrivé, il décida de le savoir par la bouche de l'un ou de l'autre, mais le problème était la langue, personne ne le comprenait. Au loin, un chien aboyait, peut-être pourchassé par Léonardo, tout aussitôt suivi par le bruit d'un cheval au galop qui ralentit en arrivant à la hauteur de la maison. Il entendait la respiration forte de celui-ci, qui renâclait, des bruits de voix étouffés, un peu comme des chuchotements, des bruits de sabots frappant le sol d'impatience, celui d'une lanière que l'on frappe sur l'arrière du cheval pour le faire avancer, puis un second, et le cheval s'éloigna au petit trot. La nuit retombait dans son silence le plus pesant, il guettait l'entrée de la maison toujours ouverte et, derrière les barreaux de sa fenêtre, il entendit une petite voix lui dire :

- Pedro, c'est moi, je suis de retour, c'est Catalina... Tu dors ?

Il ne répondit pas tout de suite, faisant celui qui était dans un sommeil profond. Sa silhouette obstrua l'entrée en froufroutant, mêlée à une odeur de jasmin et d'eau de Cologne. Elle vint vers lui, après s'être arrêtée dans la pièce voisine où il y avait les jerricanes d'eau, enleva la longue robe de sa mère au pied de son lit, et un verre à la main, alla s'asseoir dans le rocking-chair qui se mit à se balancer. Pedro ne voyait qu'une ombre, mais savait qu'elle était nue. Quelle heure était-il ? Les parents, à côté, n'avaient rien entendu, seul Miguel ronflait d'une manière régulière.

À voix basse, Pedro s'enhardit :

- C'est toi, Catalina ?

- Si, c'est moi, mi amor, tu dormais ?

Elle s'était levée de son fauteuil ; il l'entendait venir ; la moustiquaire se releva et se rabaissa tout aussitôt ; elle s'allongea à ses côtés sans se soucier de quoi que ce soit.

- Catalina, lui dit-il, écoute-moi bien, essaye de comprendre ce que je vais de dire. Il parlait lentement, à voix basse, articulant au mieux pour qu'elle le comprenne. Je vais te faire une surprise, tu comprends, comment dit-on un cadeau ?

- Régalo ? demanda-t-elle en pouffant de rire doucement.

- Si, régalo, Catalina, régalo ! Si tu veux, donne-moi ta main.

Elle mit sa main sur son ventre attendant la surprise et Pedro la lui prit avec la sienne, rendue libre par l'absence des bandelettes, elle eut un mouvement de recul, puis oublia qu'il était encore plein de plaies, et la lui serra si fort qu'il poussa un cri.

- Disculpé… disculpé… pardon… j'avais oublié, dit-elle en lâchant sa main, tu vois, demain tu seras guéri.

- Catalina, tu m'écoutes, écoute-moi bien. Pourquoi je suis ici, que m'est-il arrivé, pourquoi je suis blessé ? As-tu compris ? Si tu ne comprends pas, va chercher quelqu'un qui parle français, réponds, por favor.

- Si… disculpé, pardonne-moi, no entiendo.

Elle lui avait murmuré à l'oreille le dernier mot comme s'il avait été une confidence, son poil s'en était hérissé, accompagné d'un léger frisson. Lui, sous les draps, et elle au-dessus, il l'imaginait dans sa beauté émouvante, les seins dressés vers le ventilateur, caressée par son tournoiement régulier.

- Buenas noche, Pedro !

Et elle s'endormit. Il n'osait plus bouger, ses doigts caressaient le drap de coton rêche, sentant la fragilité des bouts tailladés par le verre.

Au petit matin quand il ouvrit l'œil, à ses côtés, Catalina avait disparu, des coups frappés à l'extérieur indiquaient que Miguel travaillait, la pluie tombait, s'égouttant dans la chambre par la fenêtre sans vitres, éclaboussant le rocking-chair vide.

Les deux femmes entrèrent pour lui annoncer la Santéria qui aurait lieu demain. Catalina avait expliqué tout cela, un peu en français, le reste en espagnol, beaucoup avec les mains, elles étaient très excitées. Elles cachaient l'entrée de la maison, où il se tramait quelque chose. Elles avaient un sourire, un peu niais, un peu gêné, parlant fortement entre elles et s'écartèrent brusquement, livrant le passage à un lit sur roues que venait de fabriquer Miguel.

Il le poussa devant lui, jusque dans sa chambre, fier de son invention. Les femmes applaudissaient son beau travail, et surtout la voiture qui permettrait à Pedro de s'évader un peu.

Il remercia Miguel en le tirant par la manche de sa seule main valide, puis leur fit signe qu'il voulait l'essayer. Émilia se précipita sur Pedro, glissa sa main sous les draps et remit ses attributs tant bien que mal dans la couche-culotte qu'elle lui lavait en permanence ; après quoi, ils tirèrent le drap de dessous jusqu'à ce que le corps de Pedro glisse sur l'autre lit que Miguel avait conçu de la même hauteur.

Pedro gémit un peu à cause des broches accrochant la planche, mais se trouva ensuite fort bien, Miguel ayant prévu une tête réglable pour qu'il puisse rester assis. Puis ils s'énervèrent, chacun voulant pousser ou tracter le lit fait de planches de palmier.

Catalina resplendissait ; son père vérifiait la solidité des roues. Chacun à leur tour, ils poussaient le chariot jusqu'à l'entrée et revenaient à la chambre, faute de pouvoir sortir sous la pluie qui tombait fortement. Catalina portait une mini-jupe avec un tee-shirt qui avait dû être blanc ; Miguel une chemise kaki qui était un souvenir d'armée et un short gris. Quant à Émilia, elle avait enfilé la robe longue jaune pâle et un châle léger rouge vif par-dessus, attendant qu'il ne pleuve plus pour se rendre dans un petit hameau du côté de Banès, chercher un Babaléo pour la fête religieuse. Ils allongèrent Pedro dans son lit, poussèrent l'autre lit sur le côté et Émilia parla longuement avec sa fille et son mari, lorsque la pluie cessa, elle sortit. Catalina déplaça le lit à roulettes pour le mettre sous la fenêtre et disparut à son tour. Miguel enfonça, à l'aide d'un marteau, un dernier clou dans une planche récalcitrante. Catalina revint, tenant dans ses bras une poupée de chiffon, un plat rempli de pesos, d'objets pendus à des lanières de cuir, de coquillages et autres bricoles qu'elle déposa sur l'œuvre de son père, et disparut de nouveau avant de revenir avec des bougies, deux lampes à pétrole, des photos découpées dans les magazines, des fleurs, et de longues palmes qu'elle rangea dans un coin. Son père, qui était sorti, entra accompagné d'un vieillard à la barbe blanche, noir de peau, transpirant dans une grande chemise sale, tenant un tambourin dont la peau tendue avait pris la couleur de ses mains. Il se mit dans un coin de la pièce, fumant un énorme cigare qui lui emplissait la bouche, sans même un regard pour Pedro, tirant de rares fois sur son précieux bien.

Pendant que Catalina essayait de mettre de l'ordre dans cet étalage d'objets hétéroclites, Carlos entra, en saluant à la cantonade :

- Holà !

- Holà ! répondit le vieux sans se démonter.

Après la pluie, la chaleur semblait redoubler, Pedro, audessus des draps, ressemblait à un poupon qui aurait trop vite grandi. Miguel revint avec ses ciseaux lui tailler les moustaches, tandis que Carlos examinait le bras dégarni avant de refaire le bandage de l'autre. Il y avait une atmosphère d'orage, avec un ciel que Pedro devinait gris.

Catalina apparut les bras chargés de victuailles, de têtes de poulets sanguinolentes, de bouteilles de rhum et de quelques cigares qu'elle posa à côté des fruits. On aurait dit la charrette d'une marchande des quatre-saisons. Rosa venait d'entrer dans une longue robe blanche immaculée, les cheveux serrés en arrière par un élastique, se précipitant pour la première fois vers Pedro qu'elle salua en se courbant un peu.

- Buenos dias, mi amor !

Pour elle aussi, il était l'amour, Pedro en retirait une satisfaction intérieure que seuls les hommes ressentent quand ils sont trop aimés.

Il lui semblait être le roi d'une fête qui se préparait. Léonardo, qui avait été invité, rentra en ricanant. Miguel le fit asseoir à côté du vieux qui tirait toujours sur son cigare en caressant la peau de son tambour, les yeux perdus sur ses illusions. Un petit groupe passa près de la fenêtre, regarda Pedro allongé et rentra à son tour. Il s'agissait du frère de Rosa, d'une voisine de celle-ci et de Salvador, derrière eux, un jeune homme de trente ans que Pedro ne connaissait pas, vint lui serrer la main. C'était Félippé, un lointain cousin de Catalina, qu'il embrassa, puis Émilia fit irruption dans la petite pièce, suivie du Babaléo en longue robe blanche, maigre et vieux comme un vieil os.

Pedro recompta ce petit monde autour de lui qui fumait et parlait beaucoup. Une bouteille de rhum passait de main en main et la fumée envahissante assombrissait la chambre. Ils poussèrent le lit de Pedro contre le mur pour gagner de la place, formant un rond comme le font les enfants qui jouent au mouchoir. Pedro dénombrait treize personnes avec lui qui prenait deux places. Le vieux était resté assis dans son coin ; les autres, debout, entamaient une complainte scandée par le tambourin. Petit à petit, ils dansaient sur place, buvant souvent une lampée de leur breuvage, Pedro regardait Catalina qui ondulait des hanches comme les autres femmes, au rythme du bongo ; leurs chants s'élevaient dans la pièce, tantôt graves, tantôt aigus, et elles fermaient les yeux pour ne pas être troublées par le voisinage. Catalina regardait Pedro qu'on avait calé dans des coussins. Ils tournèrent côte à côte au rythme plus soutenu du tambour que le vieux martelait avec fermeté, la résonance était énorme et leurs chants prenaient toute sa force, comme une mélopée mal apprise avec des sons discordants et des gestes instinctifs. Au fond de la pièce, par la porte d'entrée, un autre personnage arrivait, une trompette à la main, il devait avoir la cinquantaine, et se noya dans la ronde infernale, prenant le rythme en piétinant sur place. S'humectant les lèvres avec une grande rasade de rhum, il souffla dans sa trompette, en s'époumonant comme un jazzman, les notes d'un tempo donné par le vieux qui avait sorti sa bouteille pour l'avoir à sa portée. C'était un chaos indescriptible, la fumée était épaisse, le bruit épouvantable, les cris et les chants à la mesure de la cérémonie, la poussière cachait les deux tiers des protagonistes, aux barreaux de la fenêtre, sept gosses agrippés regardaient sans dire un mot cette folie collective, les vêtements des danseurs étaient trempés de sueur, la poitrine d'Émilia dansait sous son tissu jaune paille et les hanches de Catalina semblaient vouloir se décrocher à chacun de ses mouvements. Le tissu de son tee-shirt rendu transparent par sa transpiration excessive semblait absent. Rosa rentra au milieu du cercle, les longs cheveux épais défaits, collés sur son visage, trempés dans son cou, les yeux révulsés, dansant de manière frénétique, se mettant soudain à baver puis à écumer, à se balancer de manière irrégulière pendant que la musique et les chants se faisaient plus rapides, à osciller sur elle-même en levant les bras, en tourbillonnant, le souffle court, la langue pendante, s'effondrant tout à coup, secouée par d'invisibles esprits, retenue par les femmes, les bras et les jambes partant dans tous les sens. Catalina avait pris les fleurs posées sur les planches du lit à roulettes et les jeta sur Rosa ; d'autres s'emparèrent des longues palmes pour lui faire de l'air, car avant la cérémonie, le ventilateur avait été coupé pour ne pas effrayer les esprits. Les gens fatigués ralentissaient la cadence de leur danse ; les chants mollissaient, pendant qu'on donnait à Rosa de grands verres de rhum. Enfin, chacun se dispersa, se disant au revoir, reprenant le chemin de sa maison.

Pedro était fatigué comme s'il avait dansé, se sentant sale de la poussière soulevée par les danseurs. Resté avec Félippé et Catalina, ces derniers lui expliquèrent qu'ils avaient prié Ochun, la sainte patronne de Cuba, Obatala, divinité de la création, Oko, dieu de l'agriculture, sans oublier Inle, patron des médecins, et enfin Yemaha, représentant la vie. Un de ces dieux avait habité le corps de Rosa, qui pouvait s'assimiler à l'un des leurs. La tête de Pedro tournait, la piqûre que lui avait faite Carlos agissait comme un coup de fusil, il perdit connaissance, les yeux rivés sur les beaux seins de Catalina.

Les mois passaient, Pedro, ce matin-là comme tous les matins, était hissé sur son lit à roulettes pour être conduit en direction de l'océan, poussé par Catalina, il était torse nu, le soleil avait hâlé une partie de son corps qui ne demandait qu'à se remuscler, Carlos lui avait enlevé toutes les bandes, il cicatrisait très bien malgré l'air humide qui ne favorisait pas facilement les choses, il lui avait extirpé les deux broches qu'il avait dans le bras, et s'apprêtait à le délivrer des plaques dans la jambe gauche qui le faisaient souffrir. Selon lui, il en avait encore pour quelques semaines.

Catalina était heureuse de promener Pedro sur ce lit de fortune, elle l'emmenait bien souvent à deux ou trois kilomètres du lieu d'habitation, lui faisant découvrir des endroits magiques dont Pedro raffolait chaque jour un peu plus. Le midi, ils mangeaient sur place. Elle trouvait toujours un pêcheur qui revenait avec des poissons enfilés sur une ficelle pour le repas de sa famille ou le salaire de la journée et lui demandait le plus beau en échange d'œufs que sa mère, Émilia, lui donnerait quand il passerait chez eux, puis elle faisait un feu entre deux pierres, et après avoir vidé le poisson qui était de toutes les couleurs, le faisait cuire. Ensuite, avec une machette qui ne la quittait jamais, elle ouvrait une noix de coco qui leur servait de dessert. La plage était déserte, l'océan bougonnait sur le sable magnifique, aux pieds des cocotiers qui, érodés à la fois par ses marées ou sa furie se couchaient, fatigués d'être restés trop longtemps à s'admirer à la surface de l'eau.

Les roues de la bicyclette ne permettaient pas à Catalina de tirer la voiturette sur le sable trop fin, elle devait rouler sur les endroits humides, même parfois rouler dans un peu d'eau pour que cela reste possible. Elle était rayonnante, chantant à tue-tête dans le léger souffle chaud des vents de ce pays, des chansons que lui avait apprises sa mère. Pedro respirait à pleins poumons, le corps protégé par un drap contre les brûlures du soleil trop vif. Devant lui, ou derrière, court vêtue, la taille prise dans une ceinture de tissu qui lui tenait sa machette, la chemise entrebâillée sur sa poitrine luisante des éclaboussures des vagues, elle lui offrait la vue de ses seins merveilleux. Pedro sentait monter en lui des envies sauvages, bénissant les dieux de lui avoir mis Catalina sur sa route. Ils n'étaient que deux sur des kilomètres de plage à perte de vue. Parfois, de vieilles noix de coco venaient heurter les roues de ce curieux attelage, poussées par la vague sur laquelle elles étaient venues plonger. Elle s'arrêtait pour le mouiller, excepté les endroits plus sensibles, caressant son torse de ses mains, desquelles s'écoulait l'eau salée, mouillait ses cheveux, son visage, puis plongeait elle-même dans la vague écumante pour se rafraîchir, laissant Pedro la regarder du haut de son estrade mobile. Elle y allait toute habillée, et lorsqu'elle reprenait pied, sa jupette semblait plus courte, lui dévoilant l'obscurité touffue qu'elle avait entre les jambes. Ses fesses bombées et fermes, perlées d'eau de mer, se durcissaient au contact de la faible fraîcheur de l'eau. Ses seins cachés sous le tissu léger, dégoulinaient d'eau, les rendant plus lourds, et son ventre creusé sous le choc de la vague, les mettait en valeur, en les tendant vers lui. Son visage rayonnant de bonheur était parsemé de cheveux épais trempés, lui cachant une partie de son regard envoûtant, telles des algues lorsque l'eau se retire. Ses dents semblaient vouloir mordre à toutes les bonnes choses offertes par la vie. Pedro admirait son aisance lorsqu'elle marchait, lorsqu'elle sortait de l'eau ou qu'elle y entrait. Chaque courbe de son corps était comme un avertissement, un vibrant appel aussi, peut-être une jouissance intime qu'il ressentait au plus profond de ses entrailles, il avait la conviction d'exister enfin, après des mois de solitude, de vouloir assouvir une envie furieuse et de la faire recommencer à l'infini à rentrer dans l'eau et à ressortir. Elle ne parlait toujours pas, alors que Pedro la questionnait de plus en plus. Ils avaient eu ensemble des mauvais jours pendant lesquels, lassé de son silence, il s'était mis dans une rage telle, qu'elle avait refusé de le promener pendant une semaine. Ce fut alors Rosa qui se dévoua. En cours de route, ils avaient rencontré Félicia, une femme honnête du petit bourg voisin qui se prostituait trois fois par semaine dans la ville d'Holguin pour pouvoir subsister. Elle avait l'âge de Pedro, ni belle ni laide, elle lui avait accordé quelques faveurs pendant que Rosa prenait son bain, restant dans l'eau jusqu'à ce que Félicia en eût terminé. Elle l'avait caressé et donné du plaisir à la main, chose qui ne lui était pas arrivé depuis longtemps. De ses deux mains libres, il avait eu le droit de la toucher pour se mettre en condition. Félicia avait un corps de rêve, sa peau noire était plus souple que ces ballons que l'on gonfle avec la bouche. Pour que cela fût plus rapide, elle lui avait coincé une main entre ses cuisses luisantes, laissant une brûlure sur son index, suivie d'un petit jet humide.

Quand Rosa revint à la plage, ramenée par les vagues qui la faisait surfer, Félicia avait terminé son ouvrage. Elles se parlèrent en riant très fort, puis elle les laissa ensemble rejoindre le bohio. Rosa était une belle femme, mûre et prête à tout pour conquérir Pedro, le drap qu'elle ramenait sur ses jambes cent fois au cours de la promenade lui permettait de le toucher et d'effleurer sa joue avec l'un de ses seins.

La vie semblait absente, Rosa recherchait plus l'ombre des palmiers que le soleil gourmand. Pedro l'écoutait parler sans rien comprendre, mais au son de sa voix et à la cadence de ses mots, il devinait qu'elle devait le maudire de s'être laissé faire. La colère se lisait sur son visage, elle se sentait trahie par ce qu'elle venait de voir. L'amour à Cuba, c'est comme respirer. Rien n'est plus naturel, rien n'est plus évident, rendant l'acte plus vital que n'importe quelle soupe populaire.

Sur la route, des couples enlacés parsemaient l'étendue immense des flots, on ne voyait que leurs torses, mais l'homme, la bouteille de rhum à la main, donnait à sa compagne le coup de rein voulu pour qu'elle trouve sa jouissance liquide, dans le plus grand des abandons.

Rosa s'était arrêtée, complètement essoufflée, ayant par deux fois ensablé le chariot, avec ce grand corps de Pedro qui ne pouvait pas bouger. La fraîcheur était bonne, parfois un bruit mat indiquait qu'une noix de coco venait de tomber. Les douces feuilles de manguiers frissonnaient au vent, tandis qu'une odeur épicée emplissait les narines de Pedro. La journée allait vite se terminer. Les fourmis grimpaient à l'assaut des arbustes avant de se laisser tomber sur l'homme assis contre leurs pieds. Quelques petits crabes remuaient le sable mouillé, gonflant celui-ci de milliers de petits monticules sous lesquels ils attendraient la nuit pour s'évader. Rosa remit sa robe ample en largeur mais longue pour la saison sur son bikini de soie vert. Pedro écoutait les milliers d'oiseaux commençant à se signaler au fur et à mesure que la température baissait. Il avait mal au dos, accusant tous les chaos de la charrette qui lui brisait les os, les roues de bicyclette n'ayant pas de ressorts, il devait être en accord parfait avec chaque trou. Ayant remarqué sa fatigue, Rosa s'arrêta de nouveau. Ils n'étaient plus qu'à six cents mètres du bohio. Elle se pencha pour enlever de drap qui ne servait plus à rien, puis regarda Pedro en lui disant : « Mi amor », retroussa sa robe sous laquelle elle avait son slip vert, déshabilla Pedro, fit tomber son slip, puis doucement monta sur l'engin de bois et, à califourchon sur Pedro qui était prêt à la recevoir, laissa retomber sa robe au-dessus de leur péché. Pedro craignait pour son lit, à chaque saccade, il entendait les roues gémir, mais Rosa, qui était grande, amortissait les coups avec le bout de ses orteils sur le sable fin. Penchée sur lui, en évitant sa jambe, elle l'embrassait à l'étouffer. Une fois qu'elle sentait l'impatience de Pedro durcir son endurance, ou vice-versa, elle ralentissait son rythme, le laissant essoufflé, alangui, la suppliant de continuer. Il avait manqué de caresses pendant des semaines et il y avait en lui comme un acharnement à vouloir rattraper le temps perdu.

Quelqu'un passa pas loin d'eux en faisant « Holà ». Rosa répondit, distraite par son plaisir et celui de son compagnon. Il y avait à peine une heure, Félicia le lui avait donné, et malgré tout, lorsqu'il éclata en elle, il vit que le ciel était étoilé et qu'ils allaient devoir rentrer.

Dans cette histoire, Pedro ne savait pas qui il était, ce qu'il y faisait, depuis quand il y était, blessé… et pourquoi… ? s'exprimant en français par rapport à son entourage qui ne parlait qu'espagnol, avec quelques rares mots de français.

Profitant d'une dispute avec Catalina, il lui ordonna de trouver un interprète en ville et chargea aussi Miguel de lui en dénicher un, Carlos n'y comprenant toujours rien, ni Émilia d'ailleurs ; lorsque Pedro vit Alonso le lendemain, le frère de Catalina, il comprit qu'il devait être dimanche. Venu passer la journée dans sa famille avant de rentrer à La Havane et parlant mieux le français que tous les autres, il était interrompu systématiquement par ses proches pour des raisons que Pedro ne comprenait pas. Ce jour-là, il semblait inquiet et était même arrivé à faire partager son angoisse à ses parents et à sa sœur qui l'aimaient beaucoup.

La conversation le concernait, puisque leurs regards se détournaient de temps à autre dans sa direction.

La réponse au sujet de l'interprète était toujours la même : « Magnana ! ».

Pedro reconnaissait qu'ils étaient charmants, aux petits soins avec lui, pétris de bonnes intentions à son égard, mais constatait qu'ils ne faisaient aucun effort ni les uns ni les autres, pour lui donner quelques explications qu'il aurait aimées entendre.

À La Havane, Alonso travaillait dans les transports urbains, il était chauffeur d'autobus, il avait sa vie là-bas, son amie, son logement, ses habitudes. Miguel arrivait de la cour avec un porcelet égorgé, passé à la flamme pour lui brûler le poil. Alonso disposa les verres sur la table près du lit de Pedro et en mit cinq. Ils attendaient un invité. La grande bouteille de rhum d'un galon et demi passa de verre en verre puis s'arrêta devant le cinquième, alors que Catalina rentrait accompagnée de son chevalier servant.

Ce Salvador ne plaisait pas à Pedro. Tous le saluèrent et ils parlèrent de nouveau entre eux regardant parfois Pedro, à qui l'on venait de donner son premier verre de rhum.

Alonso était en costume, certes un peu élimé, mais qui lui allait fort bien. Miguel, son père, était habillé de la même manière qu'à l'accoutumée. Catalina, elle, portait une jupe très moulante, rouge vif. Émilia avait un short rose qui épousait les contours de son ventre, quant à Pedro, assis sur le rebord du lit, il buvait par rasades le rhum qui lui brûlait l'estomac. Salvador, tout de noir vêtu, propre et net comme un poisson que l'on vient d'écailler, était resté debout à côté du rocking-chair dans lequel avait pris place Catalina.

Ils burent plusieurs verres et la conversation monta, avec le nom d'Escobar qui revenait souvent. À chaque fois qu'Alonso le prononçait, tous avaient l'air apeuré. Pedro buvait son troisième verre, si Carlos l'avait vu, il serait sûrement sorti en hurlant. Par la grille de la chambre, Léonardo tendait sa main pour avoir lui aussi un verre de rhum qu'Émilia lui donna. Il la remercia en jappant et le vida d'un trait. Catalina écartait les jambes sans s'en rendre compte et Pedro, le ventre en chaleur, essayait de discerner ce qui lui faisait si mal. Salvador dut s'en apercevoir puisqu'il demanda à Catalina de le suivre jusque dans la cour où son cheval attendait. Pedro entendit encore le nom d'Escobar et Miguel cria des injures réprimées par sa femme.

Il y avait de l'électricité dans l'air, l'énervement avait gagné la famille, y compris ce fou de Léonardo qui s'était mis à chanter en tirant violemment sur la grille. Miguel arriva derrière lui par surprise et lui asséna un coup du plat de sa machette sur les fesses si fort que le bruit fit cabrer le cheval de Salvador lié au bananier.

Après son départ, le calme revint. Ne pouvant pas manger avec eux, sa part fut donnée à Rosa, venue chercher deux œufs, montée sur sa pouliche claudicante et bonne pour la boucherie. Elle voulut descendre de cheval, mais Émilia la pressa de repartir avec ses deux œufs et son morceau de porcelet, ayant à peine le temps d'envoyer une œillade vers la chambre de Pedro qui finissait son verre de rhum. Catalina était revenue s'asseoir dans le fauteuil à bascule, le regardant ardemment comme elle ne l'avait jamais encore fait, gêné, il détourna le regard vers Émilia qui finissait de mettre la table. Aidé par Miguel, il alla s'y asseoir pour la toute première fois, tandis que Catalina se levait pour lui avancer un siège, sa mère posa un plat en faïence jauni par les nombreux services, dans lequel les haricots noirs continuaient de frémir, puis après un instant de silence, Alonso parla de La Havane, de son travail et de ce fameux Escobar qui inquiétait tout le monde. Miguel mélangeait les haricots pour les refroidir, Émilia veillait au bon déroulement du repas, Alonso découpait pensivement la part de porcelet grillé, quant à Catalina, toujours aussi belle, elle essayait d'attirer l'attention de Pedro en lui tapant dessous la table sur le pied qui n'était plus malade.

Le dimanche, ils buvaient de l'eau en mangeant, sauf Miguel qui buvait quelques verres de bière avant d'aller s'allonger sur son lit pour essayer de les oublier et ressasser ce qu'il avait fait :

- Après tout, l'accident n'avait été de sa faute… Si la route avait été bonne, tout ce serait bien passé… Ça aurait pu arriver à n'importe qui…

Il essuya sa moustache, but le dernier verre d'aguardiente et sortit pour ne plus réfléchir. La fumée de son cigare parvenait jusqu'à l'intérieur du bohio. Pedro sentait qu'il en fumerait bien un également si on le lui offrait, le repas avait été excellent, Émilia était une bonne cuisinière, toujours souriante, elle allait et venait comme ces oiseaux rapides qui vont de leur nid au garde-manger que l'on trouve dans les mangroves, volant toujours au ras de l'eau, ils arrivent à passer entre des milliers de racines tordues entrelacées, où l'homme n'a l'accès que s'il veut vraiment se créer des soucis.

D'une propreté exemplaire, sa maison était bien tenue, les voisins eux-mêmes savaient le reconnaître. Émilia aimait aussi son mari à la folie, ainsi que ses enfants, sans compter le dernier arrivé dans la maison, le neveu Pedro, pour qui rien n'était trop bon. Celui-là n'avait pas eu leur chance... L'accident à La Havane dans son travail dans la brasserie l'avait handicapé fortement... La chute avait été vertigineuse. Six mètres dans une cuve vide... Quelle chance qu'elle fut vide ! Sinon, il se serait noyé... ! Mais Carlos allait le secourir.

Il recommençait à marcher en s'aidant d'un bâton, se cramponnant à lui à deux mains comme le ferait un unijambiste. Catalina veillait à ce qu'il ne tombe pas. Sur le lit à roulettes, ses sorties étaient moins fréquentes. Il allait moins loin, mais de lui-même, passant la majorité du temps sous le bananier, assis dans le rocking-chair. Sa jambe allait beaucoup mieux ; Carlos venait moins souvent, ayant arrêté le traitement de piqûres ainsi que les médicaments qui le faisaient dormir. Le soir, ils mangeaient tous dans l'enclos du bohio, entre le manguier et le bananier, en écoutant le ressac des vagues de l'océan se trouvant à quelques mètres de là, tandis que l'air iodé lui emplissait les poumons de cette nouvelle vie.

Cette indépendance vis-à-vis des autres concernant l'hygiène lui était particulièrement agréable. À présent, il sentait la guérison agir sur sa peau ainsi que les démangeaisons de ses plaies qui se refermaient. Catalina était encore là pour le soulager à l'aide d'une palme plus sèche qu'elle laissait courir à la surface des jambes ou du bras qui désenflait. Après chaque repas, Pedro avait droit à un cohiba numéro trois, qu'il fumait en fermant les yeux sur son passé qu'il avait manifestement oublié. Suite à ses demandes mille fois répétées, tous lui racontaient l'accident survenu dans une brasserie de La Havane et le choc occasionnant son amnésie. Le fils l'avait ramené chez eux pour le soigner avec l'aide de ce bon Carlos, si talentueux dans sa profession. Physiquement, il serait bientôt en état de marcher seul, d'aller et de venir, dans un pays où mille merveilles lui étaient offertes.

Mais pourquoi parlait-il le français et pas l'espagnol ?

Ses questions, à la longue, semblaient agacer toute la famille qui lui répétait inlassablement :

- Le choc… c'est le choc !

Catalina, elle, était de plus en plus absente de la maison, sûrement chez son ami Salvador. Pedro regrettait un peu le temps où tout le monde était à ses côtés, le bichonnant, le soignant, s'inquiétant sans cesse de ses moindres désirs. À la plage, à quelques pas de là, il s'installait confortablement à l'ombre des manguiers sur le sable blanc, regardant les fortes vagues déferler vers lui, l'eau d'un bleu vert profond, prise entre la bande blanche de sable, et la couleur du ciel, formaient un ensemble féerique lui donnant à l'infini et aussi loin que pouvait aller son regard, l'envie de tout avaler.

Un après-midi pourtant, alors qu'il était sous l'arbuste qui lui offrait l'ombre la plus épaisse, celui avec ses grappes de fruits violets comme le raisin, Catalina vint le rejoindre, semblant inquiète, triste, ne paraissant pas aussi assurée que les autres jours.

Elle s'assit à ses côtés sous le petit coin d'ombre qui restait. Pedro se poussa pour que sa tête soit abritée. Depuis longtemps il ne l'entendait plus chanter, ne la voyait plus rire, ne la voyait plus se baigner, elle soupira profondément, prit du sable dans une main et le laissa s'écouler lentement sur une de ses cuisses. Le sable était brûlant.

- Je dois te parler, Pedro, commença-t-elle en regardant l'océan. C'est difficile pour moi, tu te poses des questions, moi, je ne peux jamais. Elle s'arrêta de parler puis reprit : te quiero, Pedro… me gusta ! Entendio ? Si ? Et toi ?

- Tu dis que tu m'aimes, Catalina ? Mais moi aussi, mas ! Beaucoup !

Elle avait appris sa phrase par cœur et semblait lui réciter, profitant du moment où il sommeillait un peu après l'heure du repas.

Il avait du mal à réaliser ce qu'il venait d'entendre ; au loin le bruit d'un cheval au galop se rapprochait d'eux, il arrivait par le petit sentier sous les cocotiers, dans la pénombre bordant l'éclatante blancheur de la plage. C'était un homme d'une cinquantaine d'années, élégant, la machette prise dans un anneau de sa selle, portant un pantalon de toile beige et une veste à plusieurs poches d'où dépassaient trois énormes cigares, sa tête triangulaire avait un menton effilé et légèrement en avant, des petits yeux saillants noirs et cruels, il gardait à sa ceinture un coutelas d'une trentaine de centimètres rangé dans son étui. Quand il eut terminé de s'adresser à Catalina, il s'adressa dans un mauvais français à Pedro. Le cheval tournait autour d'eux, envoyant du sable partout. Apparemment, il n'arrivait pas à le calmer et ce dernier hennissait comme s'il sentait une femelle en chaleur dans les parages.

- Ie m'appelle Manuel, ie viens de Camaguey, ie fait beaucoup de kilomètres, ie soif, ie cherche un hostal, une casa de familia… pour la nuit, conoce ?

Catalina qui s'était redressée, avait empoigné le harnais du cheval pour le calmer. Sur le dos du cheval, derrière la selle, il y avait un baluchon noir de poussière, renfermant les vêtements du voyageur.

- Con une casa de familia ? s'inquiéta Catalina, ou sin...

- Con ! répondit l'étrange cavalier.

- Aqui, ici ? redemanda Catalina.

- Si, por favor.

- No, répondit-elle, ciudad !

- Aqui ! répondit-il fermement, quanto vale ?

- No sé !

Attiré par les cris du cheval, Miguel, suivi de Carlos, arriva en courant.

- Holà ! Que paso ?

- Holà !

Et la discussion recommença, gentiment d'abord, puis avec plus d'animation. Miguel semblait contrarié, Carlos faisait des signes de tête à Pedro et à Catalina, en leur indiquant la direction de la maison. Le cavalier attacha son cheval à un cocotier et sortit beaucoup d'argent de ses poches avant de reposer sa question :

- Quanto vale ?

Miguel répondit négativement, Carlos vint parler à l'oreille de Catalina, dans le dos du voyageur, puis Pedro entendit le nom d'Escobar prononcé plusieurs fois par Manuel, comme s'il s'agissait d'une menace.

Miguel, Carlos et Catalina étaient effrayés, elle prit la main de Pedro et le força à la suivre, appuyé à la fois sur son épaule et sur son bâton.

Derrière eux, le ton montait, ils entendaient les trois hommes crier.

- C'est un jinitera ! La drogue, tu comprends ? Il est recherché par la policia !

Pedro pensait et revoyait la scène. Il s'arrêta devant une noix de coco éventrée, en l'enjambant, il demanda :

- Et Escobar ? Qui est-il ? Policia ?

Catalina le regardait, stupéfaite, son beau visage mouillé de transpiration par cette marche rendue pénible due aux efforts que faisait Pedro pour la suivre.

- Si, policia ! répondit-elle.

La maison n'était plus très loin, juste après la courbe du petit sentier sur lequel se mêlaient les feuilles d'eucalyptus, la poussière, le sable, les noix de coco et les goyaves tombées au sol, les grandes palmes empilées par Léonardo le simplet qui nettoyait tous les jours les alentours, faisant tomber les noix à l'aide d'une perche de bambous assemblés les uns aux autres pour atteindre une longueur de trente mètres environ, et terminée à son extrémité par une machette. Sous l'arbre, il frappait à coups répétés sur les queues des noix de coco qui s'abattaient autour de lui dans un bruit sourd, ne les quittant pas des yeux en esquivant leur passage.

Catalina installa Pedro sur une branche basse à un mètre du sol, l'adossa contre le tronc. Les voix de la discussion parvenaient jusqu'à eux. Elle lui prit la tête amoureusement entre les mains et posa sa bouche contre la sienne. Il se laissait faire comme avec Rosa, mais ressentait autre chose en plus. Un infini besoin d'arrêter le temps, de ne rien dire, de la regarder vivre et de l'aimer plus que Salvador ne l'avait peut-être fait.

Sa situation, il est vrai, n'était pas des plus enviables. Ignorant qui il était, il appartenait au monde qui l'entourait. Durant ces quelques semaines, il avait fait de grand progrès, ses jambes arrivaient à le porter de la maison à la mer, puis à longer la vague jusqu'à atteindre la mangrove, petit repaire des rats du pays qui menaient une vie tapageuse de tous les instants.

Il traversait deux ou trois marigots puis se perdait dans une luxuriante forêt, épaisse, écoutant les petits rongeurs s'agiter dans les tas de feuilles mortes, sa pensée allait au-delà de ce qu'il voyait et ses promenades devenaient de plus en plus solitaires. Après avoir connu la souffrance physique, voilà qu'il connaissait la souffrance morale, assujettie à la dure loi de ce questionnement sévère dont il s'entourait. Comment était-il arrivé là ?

Un jour, le coin n'étant pas propice au tourisme de masse, il croisa une jeune femme, sac au dos, qui faisait le tour de l'île. De nationalité française, elle lui demanda dans un espagnol très mauvais sa route pour se rendre dans le bourg le plus proche pour y passer la nuit. Elle devait avoir son âge, était rousse, de taille moyenne, les yeux d'un bleu limpide se mariant avec le ciel, et sa peau constellée de tâches brunes, affligée d'un coup de soleil éclatant. Son sac semblait lourd, trempait sa chemise jusqu'au bas de ses reins, ses jambes, un peu potelées, supportaient son petit corps plein de vie et les courroies faisaient pointer ses seins à les faire éclater, et coupaient ses épaules, augmentant la courbure de son dos vers l'avant.

Elle transpirait abondamment n'ayant pas marché comme elle aurait dû le faire, doucement, à un rythme que les Cubains connaissent, à des heures où la température devient supportable. Elle arracha son sac qui la meurtrissait et s'essuya avec le pan de sa chemise qui était bien mouillée, découvrant son ventre blanc et une partie de sa poitrine légèrement tombante. Lorsque Pedro lui apprit qu'il parlait le français, elle sembla soulagée, sa bouche aux lèvres fines s'entrouvrit sur des dents à l'émail jauni par les nombreuses cigarettes qu'elle avait dû fumer, ou par une mauvaise hygiène buccale.

- Vous parlez français ? ça, c'est super ! Je ne connais pas l'anglais et je suis mauvaise en espagnol. Je suis en route depuis une semaine, je suis partie de Santiago de Cuba et j'ai dû faire dans les trois cents kilomètres en passant par Baracoa... en longeant la côte. Je dois être à Camaguey dans les deux jours où m'attend un groupe d'amis, et pour le temps qu'il me reste, je vais prendre un taxi... Je suis crevée... Il fait trop chaud... Vous êtes de quel coin ?

Pedro était bronzé, torse nu, laissant respirer ses blessures aux contours rosés. Ses cicatrices se verraient moins dans quelques semaines, mais pour l'instant, les yeux de son interlocutrice les détaillaient avec stupeur :

- Vous avez eu un accident ? demanda-t-elle un peu ennuyée.

- Accident de travail, répondit Pedro en cachant l'une de celles-ci avec sa main, puis rajouta vivement pour changer de sujet : vous cherchez un endroit pour dormir ?

- Oui, pour passer la nuit et avoir un repas un peu correct... Je n'ai pas mangé de viande depuis que je suis partie.

J'aimerai reprendre des forces pour affronter la dernière semaine !

- Je vais repartir avec vous et vous indiquer un lieu où vous serez bien. Par contre, je ne pourrai pas porter votre sac, la mer n'est pas loin, au passage vous pourrez prendre un bain… Vous verrez, ça ira mieux après !

Ils reprirent le chemin dans le sens opposé à celui que venait de prendre Pedro, retrouvant la même faune et les deux marigots. Pedro était nu-pieds et la boue gluante suintait à travers l'écartement de ses orteils dans un bruit de pssut ! pssut ! écœurant, les moustiques, à cet endroit nombreux mais fatigués par la chaleur humide, se dispersaient en véritables nuées ; de temps en temps, elle se frappait sur les cuisses parvenant à écraser les moins chanceux ou les moins vigoureux. Chaussée de baskets, elle marchait dans l'eau qui rentrait à l'intérieur avec de la vase qui remontait du fond.

Elle n'essayait pas de marcher sur les nombreuses pierres qui auraient pu lui éviter de se mouiller les pieds, elle était trop fatiguée pour cela.

La mer n'était plus très loin, ils l'entendaient se recroqueviller sur la nappe blanchâtre de sa plage longue à perte de vue, festonnée d'arbuste d'un vert bleuté, d'espèces différentes. Elle n'attendit pas d'être au milieu du parcours qu'il leur restait à faire ; elle fit tomber son sac, enleva sa chemise, son short sur lequel avait déteint sa ceinture de cuir rouge, et se précipita en petit slip noir dans l'eau la plus pure et la plus bleue. Il n'y avait qu'eux à des kilomètres à la ronde, Pedro se demandait avec envie s'il n'irait pas la rejoindre, lui qui ne se souvenait pas s'être baigné depuis longtemps.

Sa peau était de la couleur de celle des indigènes les moins foncés, depuis le temps, le soleil avait buriné son visage et les muscles de son ventre qui commençaient à s'affaisser, sa moustache, qu'il entretenait à présent, lui barrait le dessus de sa bouche comme un trait de crayon gras, lui donnant une allure de gaucho viril et impitoyable. Il avait adopté la coiffure de Miguel, de Salvador et des hommes de ce pays, laissant sur ses tempes des pattes de cheveux couler jusqu'au bas de ses lobes d'oreilles. Il pensa que le temps était venu de réagir, enleva son pantalon qu'il avait retroussé, n'ayant rien en dessous, et à petits pas, fit connaissance avec l'élément bleuté.

Ce fut une caresse, un bouillonnement de chatouillis, un retour à la vie, une ivresse qu'il ne connaissait plus, son corps s'enfonçait dans les éclaboussures des ressacs, frappé de plein fouet par l'assaut des rouleaux, ses pas, quoiqu'hésitants, foulaient le sable raffiné, sa démarche, moins chancelante, résistait à la pression et à l'aspiration de l'eau ; en quelques brassées, il rejoignit la jeune femme qui luttait en nageant dans la direction de la barrière de corail. Il était dangereux de s'y rendre, Pedro le savait, Catalina lui avait tout expliqué. Les requins, les coupures, les vagues plus fortes… c'était un piège à éviter. N'arrivant pas à crier, le bruit des vagues tumultueuses couvrant sa voix, il accéléra sa nage pour la rattraper et lui prit le pied qu'il tira vers lui. Elle s'arrêta net et se retourna. Les vagues la projetèrent contre son corps encore endolori. Ils rirent de cette situation embarrassante, eux qui venaient de lier connaissance depuis peu.

Sur son torse, il sentait la chaleur de ses seins, et leurs jambes soulevées par la force brutale de l'eau s'entremêlaient malgré eux.

Ils s'agrippaient l'un à l'autre sans le vouloir pour résister, pour ne pas être séparés, il lui cria ce qu'il avait à lui dire, lui faisant signe de regagner le bord. Se détachant rapidement, chacun de leur côté, en quelques brasses bien larges, ils revinrent au rivage.

Dans la tenue d'Adam, il força un peu plus pour être le premier et enfiler son pantalon avant qu'elle ne le voie.

Toute dégoulinante d'eau, les cheveux emmêlés, elle le remercia d'avoir eu cette idée, la moitié de son dos était entachée d'un second coup de soleil récent, rouge brique. Elle s'essuya les seins avec les mains comme si elle avait voulu les essorer, se rhabilla et ils reprirent la route en direction du petit hameau où attendait Rosa.

Pendant le trajet, il lui raconta les mauvais moments qu'il venait de passer, cloîtré pendant plus de sept mois, ne sachant pas si vraiment il était tombé dans la cuve, et surtout ne parvenant plus à se souvenir de ce qu'il avait vécu avant. C'est vrai que ses blessures ne correspondaient pas à son accident, tous ces débris de verre que Carlos lui avait retirés, il se demandait d'où il les tenait. Il y avait eu autre chose, et il la pria de parler avec Catalina devant lui pour qu'elle puisse traduire ce qu'elle comprenait. Ils entrèrent dans le petit sentier sous la cocoteraie de Léonardo, Rosa était assise sous l'amandier géant, les regardant venir. Habituellement, lorsque Pedro passait par là, il était seul et elle pouvait espérer de lui un bonjour plus pénétrant. Là, il était avec cette femme à la peau laiteuse, aux cheveux rouges et mal peignés, transpirant le sac qu'elle avait sur le dos.

- Holà ! dit-elle.

- Holà ! Buenas tardes !

Lorsqu'il eut présenté Rosa, il se tourna vers la jeune femme rousse et lui demanda son prénom après lui avoir donné le sien.

- Je m'appelle Charlotte, dit-elle.

- Buenas tardes, fit sèchement Rosa.

Son ton s'adoucit lorsqu'elle comprit qu'elle désirait un gîte pour la nuit. Elle avait de la place. Veuve depuis quatre ans et n'ayant pas eu d'enfant, sa maison disposait d'une pièce qui ne lui servait à rien. La jeune femme laissa son sac tomber sur le sol, contente de l'avoir porté jusque-là ; le repas serait prêt lorsqu'elle reviendrait, ainsi que le lit qui se composait d'un matelas fatigué, d'un traversin de grosse toile aux rayures grises et d'un drap bien blanc.

Il leur restait une petite heure pour arriver, Rosa leur proposa le cheval qui mangeait dans le petit enclos. À la montre de Charlotte, il était seize heures, elle reviendrait seule, le cheval connaissant la route sur le bout de ses mauvais sabots. Rosa aida Pedro à enjamber le dos de l'animal, puis une fois assis et les rênes en mains, aida la jeune femme à monter devant lui, le cheval accusa le poids en fléchissant l'échine et renâcla, elle lui tapota amicalement l'arrière-train, lui souffla quelque chose à l'oreille, et l'animal partit au petit trot vers la maison d'Émilia.

À chaque soubresaut, il percevait l'émoi de la femme crispée et émue par ce rapprochement inattendu, qui souhaitait arriver le plus vite possible.

Catalina, accroupie dans le potager, occupée à prélever quelques ananas pour le repas du soir, releva la tête, dévisageant la jeune femme rousse, assise où elle aurait voulu être. Émilia accourut croyant qu'il s'agissait de Rosa, Miguel, lui, était assis dans le rocking-chair sous la tôle protégeant du soleil couchant. Pedro fit les présentations rapidement, aidé de Charlotte qui s'exprimait assez bien dans un espagnol manquant de la saveur qu'a le Cubain lorsqu'il s'exprime. Catalina rentra avec ses trois ananas, dont un qui accompagnerait leur petit déjeuner le lendemain matin. Ils étaient savoureux, et Pedro les préparait à l'aide de la machette de Miguel. Il demanda aux deux femmes de le suivre jusque sous le bananier et pria Charlotte d'interroger Catalina. Voyant que l'heure était à la gravité, les parents se rapprochèrent, Pedro entendit prononcer le nom de Manuel qui arriva sur son cheval comme par enchantement, suivi d'un autre homme dans le même équipage. Son cheval était plus petit, plus lourd, gris et blanc. La stature de son maître était imposante.

Les trois femmes s'arrêtèrent de parler. Pedro voyait que les choses s'envenimaient, entendait que les paroles prononcées par le comparse de Manuel étaient dures. Miguel avait une de ses mains sur le harnais du cheval, une autre sur l'encolure, flattant celui-ci pour le calmer ; les mouches harcelaient les bêtes allant jusqu'à les faire saigner, leurs paupières s'abaissaient en cadence, chassant du même coup mouches et taons dévoreurs de chevaux, et de leur queue cinglante, elles les exterminaient.

Les femmes voulaient reprendre leur conversation. L'un des cavaliers sauta de sa monture, offrant à Charlotte la possibilité de la raccompagner chez Rosa. Elle accepta. Il était temps pour elle de rentrer avant la nuit. Elle remercia Pedro, lui dit que le lendemain matin, elle aurait peut-être le temps d'échanger quelques paroles avec Catalina, se fit aider par Manuel pour remonter sur son cheval, et ils partirent, après que Miguel eut mis dans sa main une boule informe de papiers chiffonnés. Émilia ne retenait plus ses larmes, consolée par sa fille qui la tenait par le cou. Ce soir-là, le repas fut triste et Pedro eut beau poser des questions, Catalina se mura dans son silence habituel.

La Havane, ville magnifique, où le grandiose côtoie le misérable. Rues enchevêtrées, bars délabrés, parfums de tabac, de vanille, de rhum aux relents de salsas. Puissance et dégénérescence d'un pays qui se bat pour survivre, dans l'inconfort total et la mélancolie de celui ou de celle qui pousse sa complainte. Restes oubliés de richissimes gens dans les patios des maisons ou pendus aux plafonds. Lustres éclatants et solennels de quelques lustres en arrière, pampilles de cristal restant accrochées aux méandres de bronzes, aux circonvolutions d'un artisanat précieux. Imbroglio de métaphores architecturales, sens des sens ressentis pas tous. Extravagances totales dans la caricature des gens. Vieux ou vieilles, ils étaient nés pour laisser un sourire d'illusion sur un pays perdu, leur beau pays recouvert de cannes, de feuilles, de filles telle une couverture pour une assurance.

Pedro marchait d'un pas plus vif sur le bitume du Malécon, à sa droite, les vagues frappaient la terre et les murs cent fois reconstruits, seule défense de cette avenue superbe, sur sa gauche, les colonnades des édifices de luxe avaient eu leur temps, changeant de couleurs suivant l'inclinaison du soleil, parfois quelques échafaudages échafaudaient un plan pour les remettre en état, remettant toujours à demain la sauvegarde de leur patrimoine.

La priorité n'était pas aux dépenses inconsidérées, les rues se pavaient pour devenir des rues piétonnières et des accès au tourisme de masse. L'arrière-boutique de la ville n'était pas l'équivalent de ce qu'il y avait en vitrine. L'homme souffrait de sa nonchalance, de sa mélancolie qu'il exprimait dans des danses lascives, noyant ses yeux dans les fumées bleuâtres, épaisses et épicées, pour ne pas voir la réalité. L'alcool était là, présent dans toutes les mains, dans les gorges, pour les empêcher de crier, puis dans les esprits pour les endormir. Le sexe enfin courait les rues, battait le pavé, demandant au hasard de sa perversité l'aumône d'un baiser, l'aumône d'une caresse, pour un prix perdu.

Les jinitéras étaient présentes partout. Pedro avait décidé d'aller à La Havane pour s'inquiéter de lui-même, découvrir au-dessus de son épaule ce qu'il avait oublié. Catalina, elle, lui avait tout avoué en présence de sa famille et de ses amis. Il était ressuscité de son accident.

Il avait été choisi par le hasard, et le hasard fait parfois bien les choses. Catalina l'aimait, sans trop le lui avouer, et lui, se le demandait… Il avait été un touriste besogneux dans sa quête du dépaysement, louant une voiture pour mieux l'affronter…

Dans les patios arborés qu'il croisait au hasard de sa marche réfléchie, des musiciens, plus un chanteur assis devant un guéridon soutenant des verres de rhum, jouaient une musique frétillante, gaie, répétitive, suggestive. Sur la petite cour dallée de carreaux disjoints, les couples enlacés se serraient en cadence, faisaient onduler leurs corps à l'unisson, se caressant l'un l'autre sous leurs habits légers. La sueur lustrait leurs visages noirs. La salsa n'est pas une danse pour endormis ; puissante et rapide, elle atteint son but au bout de quelques pas. La tendresse est vite dépassée, les aveux inutiles, et la conclusion se fait sous une porte cochère, dans l'entrebâillement d'une porte refermée à la hâte, dans l'océan toujours accueillant, contre un tronc d'arbre plus large que les autres, ou dans la pénombre subtile d'un coin de mur jamais exposé au soleil…

...La route n'était pas bonne, le virage vicieux et la voiture inappropriée. Miguel arrivait en sens inverse dans une limousine empirique… lui, dans une Chevrolet mauve aux chromes rutilants…

Sur les terrasses des grands hôtels chics rendus inconfortables au fil du temps, les hommes et les femmes venus d'autres pays lointains devisaient devant quelques verres de bière, dans les lieux les plus simples, les Cubains disputaient des parties de dominos interminables, ou étaient assis sur des tabourets très hauts, sirotant en silence leur bouteille de rhum, les bicyclettes tournaient dans les petites rues étroites à l'affût du moindre indice de collaboration, pour une éventuelle visite touristique, ou d'une œillade un peu appuyée, pour l'amour à bon marché, avec ou sans marchandage, de fortes femmes indigènes prenaient la pose au pied d'édifices du XVIIe siècle, un gros cigare dans la bouche en guise de ralliement, et des jeunes filles, belles à faire basculer tous les saints en enfer, se promenaient en glissant leurs pieds sur les trottoirs brûlants, ondulant leurs corps dans le sens du courant telles des herbes aquatiques dans un ruisseau géant.

... Leurs routes, au lieu de se croiser, se rencontrèrent dans un fracas de verre et de fer. Le visage protégé par les mains, Pedro perdit connaissance, le temps que Miguel vienne le désincarcérer. Les voitures étaient inutilisables, la campagne déserte, les lieux abandonnés aux oiseaux de proie. Ces grands oiseaux au long cou pelé et aux ailes toujours étendues, noirs, postés sur des pylônes téléphoniques comme des effigies… Miguel l'avait allongé à l'abri des regards dans le sillon d'un champ de tabac, puis avec un bidon d'essence, il avait mis le feu aux deux véhicules. La fumée n'avait attiré personne, il ne lui restait plus qu'à attendre dans le champ que le feu soit éteint… Auparavant, il avait enlevé tous les indices, les papiers d'identité de Pierre et une petite enveloppe contenant le contrat de location.

Pierre revenait chercher sa famille qui l'attendait à l'hôtel pour l'excursion de l'après-midi… À son réveil au petit matin il souffrait le martyre, presque à l'agonie. Un taxi passa. Miguel l'arrêta et aidé du chauffeur, coucha Pedro sur le siège arrière. Ils étaient à trois kilomètres à peine de la maison, il ne lui restait plus qu'à se faire ramener par le chauffeur qui s'appelait Manuel.

Miguel lui raconta une histoire différente. Il lui parla d'un neveu assis à ses côtés, de ce fou qui arrivait à toute allure sur eux, de sa fuite alors que les voitures s'étaient mises à brûler, bref, il n'avait rien dit, rien fait… Plutôt que de signaler leur accident, il avait préféré le taire pour des raisons évidentes de justice. Père de famille, il ne tenait pas à faire de la prison. Alors il fit prévenir ce brave Carlos qui s'occupa des premiers soins jusqu'aux derniers, puis ses proches pour qu'ils ne parlent pas. Le lendemain, il était retourné sur les lieux de l'accident où il n'y avait déjà plus rien. Toute la ferraille était partie, seules des traces de goudron brûlé subsistaient…

Les grosses voitures américaines qui n'étaient pas en pièces détachées sur le bord du trottoir, filaient majestueusement dans un nuage de fumée noire, les postes de radio mis à fond diffusaient une musique couleur locale par les vitres restées ouvertes, et des volutes de fumée bleue s'échappaient de toutes les bouches garnies de cigares. La ville était là, à ses pieds, avec ses commerçants de toutes sortes, fruits et légumes en tout genre, marchands de pneus usagés, marchands de souvenirs colorés, marchands d'huiles récupérées, ou d'essence aux mélanges impressionnants, détonants, bouchers aux viandes rouges exposées, files d'attente des uns pour acheter ce qui leur deviendrait utile, files d'attente des autres pour obtenir un espoir, un objet, une chose qui manquait à leurs besoins. Rationnements et questionnements étaient les maîtres mots de ces gens gentils, humbles, habitués à courber la tête devant l'irraisonnable, et à la perdre devant quelques dollars. Les sourires étaient aux coins des rues, dans les boutiques, sous la peau noire, les ombres grises ou le soleil ardent, les éventails éventaient, les ventilateurs ventilaient, et le souffle de tout un peuple enchantait celle ou celui qui savait le recevoir.

Dans les pharmacies cossues, les faïences s'étalaient sur des étagères impressionnantes, elles étaient rares, anciennes, d'un prix probablement élevé, chaque habitation avait au moins ceci de particulier, c'était d'avoir su conserver au lendemain de la fuite de ses occupants, les trésors qu'ils y avaient laissés. Les peintures étaient nombreuses, les sculptures, le mobilier, tout cet art dont ils ne savaient que faire, ces trésors aux prix considérables voisinant avec le prix de leurs maux, la pauvreté. Ils n'en avaient pas idée, chaque objet étant à la portée de toutes les mains, de toutes les bourses.

Dans le patio d'un immeuble, ils vivaient à six sous un lustre de plusieurs dizaines de milliers de dollars. Dans un restaurant familial, ils mangeaient à sept sur une table où trônait un bronze signé Rodin, dans un appartement de deux pièces, le rhum soulageait tous les jours la peine et la misère de cette autre famille dont la fille se prostituait sur le Malécon pour pouvoir la nourrir, et chaque soir au pied de son lit, elle disait une prière devant l'image de la Vierge peinte par Raphaël. Et tout était comme ça. Pierre demanda sa route pour trouver le consulat français. C'était son jour de fermeture, il reprit un taxi qui le ramena à Guardalavaca.

La Buick jaune crème au cuir épais démarrait à l'aide deux fils que le chauffeur posait l'un contre l'autre. Sur son trajet, elle ramassait des femmes, des enfants et des hommes habitant sur son parcours, les escales nombreuses désemplissaient et remplissaient celle-ci, laissant à Pierre des visages en souvenir, des sourires édentés brûlés par les feuilles de coca, jaunis par les feuilles de tabac.

Voyageant de nuit pour n'arriver qu'en fin de matinée le lendemain, Pierre dormait un peu. Sur les sièges arrières, quand il n'y avait personne, il pouvait allonger les jambes, regardant défiler les petits bourgs éclairés de lumières jaunâtres sous lesquelles dansaient des couples au son des bongos et des congas. La route, après avoir été droite, faisait d'inlassables lacets l'obligeant à se cramponner au fauteuil du chauffeur. Dans chaque virage à l'approche d'un hameau, sur les murs les plus blancs, il y avait écrit en grand, les souvenirs de leur révolution, accompagnés de l'effigie du Che, comme dans tout le pays ainsi que sur les murs perdus dans les forêts en ruine, détruites par la guerre, sur la moindre pierre, la marque du Che était présente, sa photo était devenue indélébile, n'ayant jamais été recouverte d'une autre peinture. Une révolution ne s'efface pas d'un coup de pinceau, même les plus grosses pluies n'étaient pas arrivées à laver les lettres écrites en gros caractères. Pierre songeait à lui-même, fermant un peu les yeux, bien calé pour éviter de heurter la vitre de sa portière.

...Il s'appelait Pierre Malaquin... habitait Neuilly-sur-Seine... au 12 rue de Perronet... L'accident avait eu lieu il y avait plus d'un an, Escobar, policier à Santiago, le recherchait depuis dans tout le pays, aidé par une autre brigade. Les recherches avaient été faites principalement à La Havane, mais allaient gagner les plus gros centres, puis les villages, avant que la déclaration à l'Ambassade de France de sa complète disparition ne soit faite. Les douanes aussi étaient prévenues. Absent de France, quelqu'un avait signalé sa disparition sur l'île, les enquêtes se succédaient, il était devenu aussi célèbre que le plus grand des bandits. Déterminé à ne pas accuser Miguel, il allait devoir inventer une histoire pour se rendre à Santiago devant Escobar. Peut-être dirait-il simplement la vérité... qu'il ne se souvenait plus de rien... son cerveau lui ayant joué quelques tours... l'amnésie brutale... la perte de tous repères.

Le jour commençait à se lever, le chauffeur pouvait à présent mieux apercevoir les trous dans la chaussée, sa voiture allait de gauche à droite, épargnant ainsi ses roues dont l'essieu couinait dangereusement ainsi que sa suspension. Il mit la musique, alluma un cigare, en offrit à Pierre, qui le remercia.

- Cuanto tiempo? demanda Pierre.

- Pronto! répondit le chauffeur qui n'avait pas fermé l'œil de la nuit.

- A cuantos kilometros esta Guardalavaca?

- Dos cientos kilometros!

- Me gustaria un café, dit Pierre.

Devant son mauvais espagnol, le chauffeur lui dit :

- Hablan uds Espagnol ?

- Soy Francès !

- Ah ! Si ! Gracias !

Et la conversation retomba lourdement dans la chaleur moite de la voiture, malgré les fenêtres ouvertes, le moteur chauffait, le conducteur profita de son passage devant une station service pour s'arrêter et faire le plein. Pierre sortit de la voiture, cassé par les virages et la mauvaise nuit. Ses anciennes blessures le faisaient souffrir, traînant légèrement la jambe gauche qui ne répondait pas à ses demandes. La route était déserte, Guardalavaca, à quelques kilomètres, la mer n'était pas loin, il respira les fleurs d'un massif garnissant les abords de la maison sur laquelle avait été peinte la tête du Che. Pendant que le chauffeur parlait au pompiste, il rentra dans la boutique où il n'y avait qu'un chien affalé sur le carrelage frais, la gueule ouverte, respirant les quelques grammes d'air tiède. Il l'enjamba et se trouva devant une matrone souriante, aux bras aussi gros que ses cuisses.

- Holà ! Me gustaria un café por favor, soy Francès.

- Buenas dias ! Si, con mucho gusto !

Elle ouvrit la porte et la referma derrière elle, laissant Pierre avec le chien sous le ventilateur éteint.

Peu après, elle revint avec deux verres remplis de café et une assiette sur laquelle étaient disposées des rondelles de banane frite. Le chauffeur but son café, paya et ils reprirent leur route.

...La question de l'argent allait se poser pour Pierre qui vivait depuis un an sur le salaire de Miguel…

La voiture venait à peine de quitter la station qu'elle s'arrêta le long de la mer. Le pneu arrière était crevé. La roue de secours n'était pas en meilleur état. Le chauffeur n'était pas content, il fallait qu'ils trouvent un garage. Un paysan avec son cheval et sa charrette pleine de feuilles de tabac fit l'affaire. Après avoir parlementé, il accrocha la voiture derrière la sienne, laissant le cheval fort surpris du poids qu'il avait à tracter.

Derrière ce brillant attelage, Pierre marchait en regardant la mer, en pensant qu'il retrouverait dans quelques heures Catalina, ces deux jours avaient été longs, mais surtout sa démarche n'avait servi à rien, il retournerait à Santiago en sa compagnie pour qu'elle puisse l'aider à retrouver une part de lui-même.

Le taxi s'arrêta devant le bananier, où une foule de gens occupaient les lieux, des gens en armes entouraient la maison, il pensa que la police venait le chercher. Le chauffeur descendit pour se faire payer, Pierre chercha, en écartant les curieux, Émilia qui devait lui remettre trois poules, et fut stoppé par deux policiers qui l'empêchèrent de pénétrer dans la maison. À l'intérieur, il entendait pleurer, il aperçut Catalina dans l'obscurité, recouverte du châle de sa mère, les gens parlaient entre eux, il en reconnut certains. Rosa vint à sa rencontre, le visage en larmes, lui expliquer que Miguel venait d'être assassiné.

Tout s'était passé très vite, une voiture de location s'était arrêtée devant le potager, l'homme avait tiré trois coups de feu sur Miguel qui s'était écroulé dans ses ananas. Touché à la tête, il avait été tué net. La police faisait à présent son travail, demandant aux uns et aux autres des précisions sur la voiture, l'heure et l'homme qui avait tiré. Dans le groupe se trouvait un policier qui parlait parfaitement le français. Catalina, le visage défait par la douleur, le présenta à Pierre :

- Qui êtes-vous ?

- Je m'appelle Pierre Malaquin, je reviens de La Havane.

- Vous êtes un Français en vacances ?

- Non…! oui… Mais je ne me souviens plus de rien… la mémoire ne me revient pas…

- Comment ça, la mémoire ne vous revient pas ? Vous avez votre passeport ?

- Oui, tenez, le voici.

L'homme en uniforme et le fusil dans les bras, prit le carnet de Pierre pour l'examiner.

- Vous êtes dans le pays depuis un an, sans l'avoir déclaré ? Pourquoi ? Le cachet de la douane est daté du vingt avril quatre-vingt-dix-huit, or, nous sommes en mai quatre-vingt-dix-neuf ! Suivez-moi.

Pierre suivit le policier jusque dans la chambre d'Émilia. Miguel avait été porté sur le lit directement sur le drap, baignant dans une nappe de sang. Émilia, assise à ses côtés, sa main dans la sienne, murmurait des phrases incompréhensibles Catalina de l'autre côté, lavait le visage de son père avec une éponge.

- Vous le connaissez ? demanda le policier.

- Oui, j'habite chez eux depuis un an.

- Bueno !

Il se retourna, cria quelque chose à ses hommes qui repoussèrent les curieux avec la crosse de leurs fusils.

Pierre n'arrivait pas à réaliser ce qu'il voyait. Ce brave Miguel venait de se faire tuer, lui qui l'avait soigné, lavé, nourri, rasé, fait sourire, encouragé à vivre, il était là, les yeux fermés, la bouche ouverte, deux gros trous noirs au milieu du front, grisâtre, raidi par la mort, et Catalina lavait le sang qui s'écoulait de son nez. L'eau était gluante, pareille aux eaux usées lorsque Miguel avait tué un cochon.

Quelqu'un le secoua par la manche, c'était le chauffeur qui demandait son dû. Il confia la besogne à Léonardo qui courut dans l'enclos attraper trois poules pour les lui donner. La foule menacée par les soldats s'était dispersée, quelques irréductibles se trouvaient encore appuyés aux troncs des cocotiers, certains fumaient, d'autres parlaient et Pierre reconnut Carlos dans un petit coin, sous la tôle qui protégeait du soleil couchant.

Il pleurait en silence l'ami qu'il venait de perdre, tenant à la main une bouteille de rhum, qu'il avait du mal à terminer, ses yeux étaient rougis par la fatigue, gonflés par la tristesse, Pierre le prit dans ses bras et ils pleurèrent ensemble l'homme qui en avait été un, un vrai. N'ayant peur de personne, travailleur acharné, il avait gagné sa vie honnêtement avec ses mains et sa sueur, défendant sa famille et ses cousins contre la famine et les mauvais coups de la vie. Alonso, prévenu par la police, allait arriver d'une minute à l'autre. Quant à Salvador, toujours élégant, même dans les pires circonstances, il expliquait aux personnes restées sur les lieux le drame qui venait de se dérouler.

Pierre était effondré. Il avait appris à aimer Miguel pendant un an, et celui-ci le lui avait bien rendu. Bien sûr, il y avait l'accident…

- Monsieur Malaquin, mes hommes et moi repartons, je vous prierai de venir demain à Holguin, plaza Calisto Garcia, au bar « Le Bégonia ». Je vous écris l'adresse sur ce papier. Nous pourrons parler… Je garde votre passeport. Au revoir, monsieur Malaquin ! N'oubliez pas d'ici demain ?! Ah… demandez Vargas. Vaya !! Vamos !

La troupe composée d'une vingtaine d'hommes remonta dans un camion qui n'était pas bâché et le policier dans la cabine. Un gros nuage noir fit disparaître l'ensemble quand il démarra, et lorsque le bruit ne fut plus qu'un murmure, le camion avait disparu.

Carlos répétait inlassablement :

- Qué mala suerte !!! Probecito ! Probecita !

Félippé, le cousin de Catalina, s'était emparé d'une machette, coupant avec violence tous les ananas du potager sur lesquels le sang de Miguel s'était répandu, des morceaux de cervelle çà et là restaient accrochés aux feuilles épineuses, puis il retourna la terre, effaçant définitivement le drame qui venait de se jouer. Pierre n'avait pas le courage de rejoindre les deux pauvres femmes éplorées, il prit la bouteille de rhum de Carlos, en but une lampée, le breuvage lui laboura l'estomac, arrachant au passage les parois de son intestin. Les yeux plein de larmes, il se rendit dans la chambre en évitant de regarder le mort, prit Catalina dans ses bras et l'attira vers la sortie.

Elle avait le regard perdu, sa peau brune prenait un reflet rosé occasionné par la chaleur et les heures passées à laisser couler ses larmes. Elle marchait machinalement, noyée dans son chagrin, guidée par le bras de son aimé. Ils croisèrent Rosa venant aider Émilia à remettre tout en ordre, Salvador les vit sortir comme des automates et aller s'asseoir sous l'amandier, il les accompagna.

- Por qué… ? demanda-t-il à Catalina, quien es… ?

- No sé ! répondit-elle en s'accrochant à la main de Pierre.

- Demain, lui dit-il, tu peux venir avec moi à Holguin ? J'ai rendez-vous avec le policier le matin.

Il décortiquait bien tous ses mots pour que Catalina le comprenne.

- Si ! lui dit-elle, Alonso restera avec maman, je viendrais avec toi !

Léonardo s'était blotti contre elle, formant un groupe ressemblant aux monuments funéraires que l'on trouve sur certaines places de village. Carlos, en titubant, vint les retrouver, le cigare au coin des lèvres, finissant sa dernière goutte de rhum, tous étaient silencieux, songeurs devant ce crime abominable, la lumière baissant déjà, la nuit ne tarderait pas à tomber, mais la vie, elle, ne serait plus pareille. Contre l'enclos des poules, Miguel avait rangé le lit, muni de ses roues de bicyclette, et Pierre revoyait sur son visage la joie qu'il avait eue de l'avoir construit.

La terrasse du bar était fournie en plantes diverses. Les azalées voisinaient avec des plantes grimpantes de toutes sortes, des hibiscus, des orchidées, offrant une ombre substantielle à la clientèle. Le policier était attablé avec un autre homme de peau plus blanche que la sienne, la cinquantaine, le peu de cheveux qui lui restait lui faisait une couronne, et son épaisse moustache masquait ses lèvres qui semblaient ne pas bouger. Toutes les tables étaient prises, il était dix heures du matin, Holguin s'éveillait d'une nuit qui avait été agitée.

Les klaxons et la musique de salsa semblaient vouloir s'accorder, les voitures paresseuses, aussi longues que larges, passaient comme des chalands sur la route bitumée, le ciel était gris, dans l'alignement d'une avenue, les fils électriques accrochés aux façades, entremêlés à souhait, signaient le début d'une révolution, certaines femmes intrépides se risquaient à héler des taxis, tandis que d'autres plus conformistes, demandaient aux camions de s'arrêter, grimpant dans leur benne afin de se rendre de l'autre côté de la ville, moyennant quelques pesos.

Les deux policiers leur offrirent un siège. Vargas présenta son collègue comme étant Escobar, puis leur demanda ce qu'ils désiraient boire.

- Voici monsieur Malaquin ! L'homme que tu recherches depuis un an !

Le garçon était revenu avec deux bières Hatuey, à la fraîcheur indéniable. Pierre but le premier, attendant la salve de questions.

- Vous aimez Cuba ? demanda Vargas.

- Beaucoup… J'aime aussi ses gens… et la famille chez qui je suis depuis un an en est la preuve !

Les deux policiers s'étaient mis à parler entre eux, Pierre comprenant qu'il devait traduire à Escobar ce qu'il venait de dire.

- Ainsi, vous avez perdu la mémoire, monsieur Malaquin ?

Les deux policiers le regardaient, essayant d'attraper au vol la moindre émotion ou le moindre mensonge.

- Oui, répondit Pierre, je ne me souviens plus de ce que j'ai vécu avant d'atterrir à La Havane.

- Vous êtes marié ?

- Je ne sais pas !

- Vous avez des enfants ?

- Je ne sais plus !

- Vous avez une profession ?

- Je ne sais vraiment plus… !!

Escobar interrompit la conversation et parla brutalement à Vargas qui se mit à rire.

- Oui, oui… oui !! Vous êtes en quelque sorte amnésique !

À première vue, ils ne le croyaient pas, alors ils s'adressèrent à Catalina qui n'avait rien dit.

Encore sous l'effet de la mort de son père, elle avait bu toute sa bière et Pierre avait peur qu'elle ne raconte leur histoire. Il lui coupa la parole.

- Monsieur Vargas, je peux le prouver si un médecin en a la possibilité ! Faites-moi faire des tests !

- Supposons que l'on vous croit, que faites-vous ici depuis un an ?

- Ne connaissant plus mon passé, à quoi bon chercher à retourner en France ? Je me sens très bien ici, Miguel m'avait adopté, sa femme et sa fille aussi... De plus, j'aime Catalina !

- Vous êtes à vous tout seul un véritable roman, monsieur Malaquin !

Escobar se pencha à l'oreille de son collègue. Vargas le regarda, surpris, puis s'adressa à Pierre.

- Nous allons être obligés de vous faire examiner par un médecin... Quand pouvez-vous vous rendre à La Havane ?

- Peu importe, dit Pierre.

- Le plus tôt sera le mieux ! répondit sèchement Vargas. Vous passerez par le bureau de monsieur Escobar avant et il vous y conduira. Mais revenons à ce crime... Connaissez-vous des ennemis à votre protecteur ?

- Non ! répondit rapidement Pierre, tandis que la question était posée à Catalina.

Interrogée sans relâche par les deux hommes, elle répondait brièvement. Pierre regardait autour de lui. Les gens étaient détendus, en vacances, sûrement comme il avait dû l'être avant son accident. Profitant d'un silence pendant l'interrogatoire, il demanda à Vargas de se mettre en rapport avec la France pour avoir connaissance d'un compte bancaire... ayant besoin d'argent... expliquant que ses déplacements étaient devenus difficiles, qu'il s'était rendu dernièrement à l'ambassade de France qui était fermée.

- C'est là qu'il faut retourner, lui dit Vargas, nous, nous ne pouvons rien faire... si ce n'est que réprimander, ou constater.

- Pourquoi parlez-vous aussi bien le français ? se risqua de lui demander Pierre.

- J'ai fait mes études à Paris et même exercé pendant cinq ans avant de revenir à Cuba... mon pays est ici, ma famille, mes habitudes... Parfois, je regrette, parfois, j'évite d'y penser... Je connaissais une Française... et puis ça n'a pas marché… Après une petite pose, il reprit : le jour où vous vous en rendrez compte, vous retournerez chez vous… Vous ne reviendrez plus à Cuba ! Et si vous êtes réellement amnésique… vous êtes peut-être marié… alors, ce sera fini pour vous deux !

Escobar, laissé dans l'ombre de la discussion, toussa et se lissa les moustaches sur lesquelles la mousse de sa bière s'était déposée. Êtes-vous au courant d'un éventuel trafic de drogue ? Est-ce que Miguel fumait ? Quelles étaient ses relations ?

Sur le coup, Pierre repensa à Manuel et à son copain qui venaient de temps en temps… à cette poignée de pesos qu'ils avaient reçue de la main de Miguel… et des autres fois où il se tenait avec eux à l'écart… Mais il ne dit rien, voulant en discuter avant avec Catalina qui pleurait de nouveau, secouée par les propos d'Escobar. Miguel devait être enterré l'après-midi, il était temps pour eux de reprendre un taxi, ils en firent la demande et les deux policiers comprirent.

Dans le taxi qui les ramenait à Guardalavaca, Catalina s'endormit sur l'épaule de Pierre.

Elle sentait la cannelle mélangée à la bière. Ses cheveux un peu gras luisaient d'avoir été en contact avec l'eau de mer, sa peau était lisse, sensible à l'air s'engouffrant par la fenêtre ouverte, ses cils battaient, et le fin duvet recouvrant le dessus de sa lèvre frémissait dans la chaleur humide, le conducteur s'épongeait le front à l'aide d'une serviette de bain, réglant de temps à autre son rétroviseur sur ses jambes. Pierre mit sa main devant ses genoux, tandis qu'il sentait leurs deux transpirations s'écouler dans son cou.

Ses lèvres étaient des plus belles, pareilles à deux fruits murs prêts à être cueillis, quant au sillon formé par ses deux seins pointus, Pierre y vit une invitation à la rêverie, un secret qui ne serait pas loin d'être trahi. Elle dut ressentir l'intérêt qu'il avait pour elle, ouvrit les yeux et entrouvrit sa bouche en le suppliant du regard, à ce moment-là, le chauffeur ralentit derrière un autobus d'où descendait une collection de touristes. Pierre profita de son inattention pour poser sa bouche sur la sienne, aspirant sa salive chaude et un peu amère, sa langue s'entourait autour de la sienne décidée à ne plus la lâcher. Elle avait le cœur qui cognait, tout comme le sien. Sa main était un peu remontée sur ses jolies cuisses dorées, musclées par les nombreuses marches et les nages journalières, et s'arrêta lorsque le conducteur accéléra en regardant dans la glace s'il pouvait doubler. Ils étaient tristes, mais sentaient leur envie se faire plus pressante, et lorsque la voiture tournait, un des seins de Catalina touchait son flanc droit. L'homme au volant entama une complainte romantique devinant les pensées de ses clients.

Ils arrivèrent à quatorze heures. Alonso les accueillit. Il y avait tout le voisinage et les anciens que Miguel avait connus. Le vent s'était levé et le soleil brûlait. Le cercueil en pin arrivait de Banès, sur une charrette, recouvert d'une peinture vive. Pierre, appuyé sur un cocotier, attendait que la foule suive Miguel vers sa dernière demeure. Il revoyait les heures passées en sa compagnie, ses tics lorsqu'il coupait son cigare, il avait une manière de le manipuler à l'endroit et à l'envers, le roulant entre ses doigts comme s'il avait voulu tasser plus de tabac, sa manière de recracher la fumée après chaque bouffée, la caresse de ses mains sur sa barbe naissante, faisant crisser le poil, ses éclats de rires énormes qui dérangeaient Émilia, et ses éternuements qui la faisaient sursauter, ses gestes d'amour lorsqu'il la croisait dans une pièce, balayant ses fesses d'un revers de la main, ou, se croyant à l'abri des regards, pinçant ses tétons avec affection.

Il avait aimé sa fille comme pas un, la protégeant d'elle-même en l'employant à l'entretien de la maison, il avait aimé Pierre, enfin, ne s'étant jamais pardonné de l'avoir meurtri, d'avoir percuté sa voiture, alors qu'il avait un peu bu… que sa voiture n'était plus en état de freiner… il avait donc tout fait pour se faire pardonner alors qu'il n'avait pas à le faire. Son bon cœur n'avait pas à subir de modification, il l'était naturellement sans aucun effort de sa part, répandant autour de lui les fruits de son travail et de sa bienveillance.

Les cris d'Émilia parvenaient jusqu'à Pierre, accompagnés de ceux de ses proches. Une jeep déboucha dans le virage avec Vargas au volant et un homme en arme. Ce dernier fit circuler les badauds pour que le cercueil porté par quatre hommes puisse sortir. Salvador et Alonso étaient d'un côté, Félippé et Léonardo de l'autre. Hissé sur la charrette, Miguel rejoignit la terre de ses pères, poussé par une colonne de gens de couleurs variées.

Pierre marchait à côté du policier, un peu en retrait, avec les hommes. Les femmes en avant criaient leur douleur, tandis que d'autres chantaient.

- Pendant un an, lui dit Vargas, vous avez dû voir ou apercevoir certaines choses… ? Il faut me le dire… en France, on n'appelle pas ça de la délation, mais de la contribution… !

Le chant s'élevait, roulant comme le son d'un bongo à la peau éclatée. La poussière tapissait les corps couverts de sueur d'une croûte légèrement dorée. Le rhum sortait des poches pour étancher les douleurs les plus vives, et Pierre essayait de comprendre encore ce qui venait d'arriver.

Le policier calquait son pas sur le sien.

- Savez-vous ce que dit la chanson ? lui demanda-t-il. Elle dit ceci :

Je veux, lorsque je mourrai
sans patrie, mais sans maître,
avoir sur ma tombe un bouquet
de fleurs et un drapeau...

et encore ceci :

Et pour l'être cruel qui m'arrache
le cœur qui me sert à vivre
je ne cultive ni chardon ni ortie,
je cultive une rose blanche...

Chez vous, vous appelez cette chanson « La Guantanaméra », ici, ils l'appellent « La Guardalavaca », vous comprenez? C'est une chanson que chaque région remanie, comme l'avait fait en son temps José Marti. Cuba ne change pas, elle se modifie... avec ce qui lui reste... C'est vrai ! Mais c'est toujours les mêmes techniques, les mêmes matériaux, les mêmes éléments, entourés d'une telle détermination que tous semblent avancer...

Pierre l'écoutait parler, sachant bien que Vargas regrettait la France. Les coups de pelles annonçaient la fin de la cérémonie, chaque personne se signait en tournant les talons pour rentrer chez elle. Arrivés au bord du trou, Vargas poussa avec le pied de la terre sur le cercueil disparu. Pierre en prit une poignée et la jeta dessus. Des fleurs à profusion recouvraient les côtés latéraux de la tombe, ainsi que des victuailles qui nourriraient les fossoyeurs après leur dure besogne.

Ils étaient revenus à la jeep dans laquelle le soldat attendait en fumant un cigare. Vargas s'arrêta, se retourna vers Pierre et lui dit :

- Service contre service, ça vous va? Je m'intéresse à vous, et vous me donnez les renseignements nécessaires pour arrêter l'auteur de ce crime... ne craignez pas pour la petite... elle n'y est pour rien dans cette histoire... je la laisserai dans vos bras jusqu'à ce que vous repartiez... avant que vous n'en fassiez une malheureuse... Dommage que je sois plus âgé que vous... elle est très belle... ! c'est vrai que vous n'êtes pas mal non plus... à ce propos, j'ai remarqué vos cicatrices... vous vous êtes blessé ?

- Je suis tombé d'un cocotier... J'ai voulu rivaliser avec Miguel... j'ai eu beaucoup de chance, mais les écailles du tronc m'ont tailladé de partout… j'ai voulu me retenir tout au long de la chute…

- Vous avez encore de grands progrès à faire pour être de chez nous si vous voulez rester, monsieur Malaquin ! Mais prenez garde, il n'y a pas que les cocotiers qui sont mauvais… ! Allez, à bientôt ! Vamos !

Pierre restait seul sous le bananier et la nuit tombait doucement sur ses problèmes. Il fallait qu'il puisse d'abord résoudre les siens… Demain, il irait à La Havane, avec ou sans Catalina.

Ce fut sans elle qu'il prit le taxi le lendemain jusqu'à Santiago, puis l'autobus jusqu'à La Havane, l'autobus étant le plus sûr moyen d'arriver à destination. Dans le car, des familles entières s'expatriaient de leur campagne pour trouver les facilités commerciales de la capitale, pensant qu'ils pourraient mieux vivre dans le cœur de leur pays que dans leurs paysages désertiques, la culture avait beau être leur principal atout, ils voyaient que les autres possédaient leurs voitures alors qu'ils n'avaient que des tôles comme toitures sur leurs habitations et leurs chevaux en guise de fortune.

Leurs cousins habitaient des appartements avec des climatiseurs, des frigidaires, des fenêtres réelles, pouvaient à loisir acheter ce dont ils avaient besoin, se promener dans de grands parcs arborés, vivre en communauté plus soudée, plus variée, boire et danser dans les bars la nuit, écouter les musiques qui avaient bercé leur enfance, faire du business avec le tourisme, faire suivre des études à leurs enfants sans être trop éloignés d'eux, bref, vivre une vie normale.

L'ambassade était ouverte, Pierre entra muni de son passeport. À l'intérieur, il y avait deux guichets, et la salle d'attente était protégée par deux hommes armés.

Après avoir expliqué ce qui l'amenait, raconté quelques-unes de ses péripéties, il demanda à ce que des recherches puissent être entreprises pour retrouver un compte bancaire. La personne qu'il avait en face était une femme qui l'écoutait avec beaucoup d'attention, connaissant cinq ou six langues, elle faisait un relevé écrit des indications que Pierre lui donnait et le pria ensuite d'entrer dans la salle d'à côté, où un homme en arme s'effaça.

La salle était moyennement grande, fraîche, une table centrale en acajou était entourée de petits fauteuils de style colonial, sur les murs, des tentures aux couleurs délavées pendaient jusqu'au sol, au plafond, des fresques dorées à l'or fin encadraient un lustre d'une soixantaine de bougies. La personne derrière le guichet vint le rejoindre, le priant de s'asseoir dans un des petits fauteuils en palissandre. Sur la table, trois téléphones avaient été posés et la jeune femme en décrocha un, parlant l'anglais parfaitement, entreprenant une conversation qui dura vingt minutes, notant des numéros de téléphone sur un calepin.

- Avant qu'on me rappelle, lui dit-elle, je vais faire une autre démarche.

Elle reprit le téléphone et parla espagnol, cette fois un peu plus longtemps, puis raccrocha.

- Voilà, dit-elle, la machinerie est lancée, il ne reste plus qu'à attendre.

Elle lui tendit deux numéros qu'elle avait inscrits, expliquant qu'il s'agissait de numéros venant de France, de l'hôtel des impôts de Paris et celui de la gendarmerie de Neuilly. Pierre la regardait, trouvant qu'elle ne ressemblait pas aux autres Cubaines, ses jambes étaient recouvertes jusqu'aux mollets d'une robe noire qui était serrée à la taille par une ceinture de tissu blanc, aux pieds, elle portait des souliers à hauts talons de bonne qualité, l'un de ses talons martelait le sol aux grandes dalles de marbre noires et blanches, et ses yeux évitaient les siens qui louchaient sur son corsage ouvert. Son opulente poitrine tiraillait la soie sous un soutien-gorge beige et son visage bruni par le climat, ne reflétait pas la grande joie des habitants de ce pays. Ses yeux en amandes accentuaient la rondeur de ses pommettes et de sa bouche aux lèvres épaisses. Le silence était total, excepté le bruit de son talon qui résonnait dans toute la pièce. Les yeux rivés sur les téléphones, ils attendaient. Voulant briser la gêne évidente qui s'était installée, il se leva et marcha vers le mur du fond sur lequel pendait une pendule de bois monumentale, au cadran en émail blanc surmonté d'une tête de cerf en bois grandeur nature, avec sur ses côtés, des lièvres hors de leurs gibecières sous des cors de chasse entremêlés à des fusils.

- Quel travail ! s'exclama-t-il, c'est un travail local ?

- Non, nous pensons que c'est d'origine allemande, fit-elle sans se retourner.

- C'est impressionnant ! insista-t-il, comment c'est arrivé jusqu'ici ?

Elle hésita, puis répondit :

- Il paraît que ce serait il y a un peu moins de cent ans, l'ambassade aurait été la propriété de personnes très connues et très riches, à La Havane. Certains disent même qu'il s'agissait de gangsters, d'autres, d'un éminent chef d'armée déchu de ses pouvoirs après la guerre, venu se réfugier ici pour ne pas être fusillé.

Leurs voix résonnaient sur l'un des murs qui n'était pas recouvert de tapisseries. Il regardait les mains de cette belle femme qu'il aurait voulu voir marcher pour apprécier son déhanchement, peut-être à la hauteur de ses espérances. Ses reins étaient forts, généreux et le galbe de ses fesses lui assurait un parfait maintien. Ses doigts étaient longs, trois bagues serties de pierres aux couleurs vives indiquaient une aisance de la personne, une manière de vivre autre que Catalina.

Pierre s'enhardit, pensant que plus il y avait de téléphones dans une pièce, et moins on les entendait sonner…

- Vous êtes mariée ?

- Je l'ai été ! fit-elle à regret.

C'était une chose certaine, Pierre devait commencer à l'agacer.

- Ça peut prendre combien de temps pour obtenir la réponse ? demanda-t-il à voix basse.

- Cela dépend du nombre de personnes sur la ligne... Parfois, ça peut aller très vite, mais en ce qui vous concerne, les questions sont assez complexes... vous ne croyez pas ?

Pierre comptait le nombre de dalles noires qu'il y avait sur une rangée, puis les blanches sur l'autre... il y en avait moins dans les blanches... question d'intervalles...

- Vous vous plaisez à Cuba ? lui demanda-t-elle.

Enfin, elle parlait, mais il n'avait plus envie de lui répondre. Il fit quand même :

- Humm !

La tapisserie représentait une scène de chasse à courre avec une quarantaine de chiens, des chevaux cabrés avec des hommes en habits et des femmes montées en amazones, encerclant un cerf déjà dévoré par la meute. Un piqueur sonnait l'hallali, tandis que dans une mare, trois autres cerfs filaient en direction du bosquet le plus proche.

Il fit un bond lorsque la sonnerie retentit, elle décroisa trop rapidement les jambes pour se mettre debout, lui dévoilant l'intérieur de ses cuisses beaucoup plus blanches, décrocha et tendit à Pierre un second téléphone, plus une feuille de papier et un stylo.

La communication venait de France.

- Vous vous appelez monsieur Malaquin, vous habitez à Nice, vous êtes né à Neuilly et y êtes resté pendant quinze ans. Je vais parer au plus pressé... vous avez un compte bancaire à Nice auprès de la Société Générale sous le numéro 00902083620... vous avez noté ? Votre compte est actuellement crédité de la somme de six millions de francs... À Nice, vous habitez sur la promenade des Anglais dans un appartement d'un immeuble s'appelant « Les Rougières ». Auparavant, vous aviez eu deux autres comptes, l'un à Neuilly, l'autre à Lyon, qui ont été fermés depuis cinq mois, et dans cette même société... Par ailleurs, nous pouvons, si vous le désirez, vous faire parvenir des travellers pour que vous puissiez retirer de l'argent, ils vous parviendront à l'ambassade. Pour les autres renseignements, vous devrez faire appel aux numéros que nous vous avons donnés... sachant qu'il vous faudra joindre à vos demandes des attestations et la photocopie de votre passeport. Vous avez d'autres questions ?

Pierre était abasourdi par ce qu'il venait d'entendre, il s'assit, bredouilla :

- Quelles attestations ? je n'en ai aucune !

- En téléphonant à la mairie de Neuilly, ils vous les feront parvenir, ainsi qu'à la Société Générale. En attendant, faites revalider votre passeport auprès de la gendarmerie et des frontières. Vous avez d'autres questions ?

Il ne savait plus ce qu'il devait demander. Il remercia et demanda à ce que les travellers lui soient envoyés.

- S'il y avait un problème pour rentrer en France, mettez-vous en relation avec nous, nous agirons auprès des autorités cubaines pour que vous puissiez sortir. Quant aux tests que l'on veut vous faire passer, faites-les, et recontactez-nous. Plus de questions ?

Pierre remercia, tandis que la jeune femme reprenait le récepteur. La conversation reprit entre elle et l'interlocuteur, mais en espagnol cette fois.

Six millions de francs... !!! Il était riche et ne le savait pas. Tout au long de la route, il se demandait comment il avait pu faire pour gagner autant d'argent... Un héritage ? Et de qui... ? S'il était marié, peut-être du côté de sa femme... Il avait oublié de demander si ce compte était sur deux noms... Quelle profession avait-il ? Il était peut-être gangster... ? Joueur de poker... ? Bref, son retour fut émaillé de questions qui ne trouvèrent pas de réponses… il n'en parlerait pas à Catalina, pas tout de suite, seulement à Émilia à qui il dirait disposer d'un peu d'argent avec lequel il pourrait rembourser une partie de son séjour, et plus, bien entendu !

Le taxi venait de quitter la grande ville pour se lancer en direction de Guardalavaca, la route louvoyait comme à l'habitude, à travers les monts et les espaces verts clôturés de piquets de bois qui, avec la chaleur et l'humidité, reprenaient racines en refaisant des branches ou des bourgeons. Les quelques habitations de-ci, de-là, se perdaient dans cette immensité d'herbe verte et d'arbres plus grands les uns que les autres, parfois, ils croisaient un cheval monté par un homme habillé simplement, frappant sur l'encolure du plat de sa machette pour le faire avancer plus vite. Les routes étaient en piteux état, les rares trous qui avaient été rebouchés, avec la grosse pluie et les nombreux passages de camions, se creusaient de plus belle, les ponts effondrés obligeaient les voitures à passer de véritables gués, les roues s'enfonçaient dans les cinquante centimètres d'eau, si la rivière restait praticable. Par mauvais temps, les chemins étaient détournés bien souvent sur des accès pires encore… Dès qu'il aurait vu le médecin avec Escobar, et suivant le verdict… il retournerait à l'ambassade. En attendant, il se demandait s'il allait parler de Manuel à Vargas. Pour ça, il attendait l'accord de Catalina.

Beaucoup de gens à bicyclette ou à moto filaient sur ces routes dangereuses, à trois, à quatre sur une moto, s'il y avait des enfants, les pneus à plat sous le poids du chargement résistaient aux sorts auxquels on les avait habitués. Il n'avait jamais vu d'accident, excepté le sien ! ou ceux occasionnés par les noix de coco.

Sur l'île, il y avait en moyenne plus de cent personnes par an qui perdaient la vie à cause des noix de coco. Tombant de très haut, elles ouvraient les crânes les plus endurcis, et c'était pour cela que Léonardo existait dans la région.

Son taxi longeait l'océan, il revivait, le sable fin à l'infini était recouvert d'algues que la mer ramenait pendant la nuit, arrachant aux massifs coralliens, les structures mortes qui ne demandaient qu'à s'échouer, formant des petits tas de corail blanchi. La voiture retrouvait sa route droite conduisant à l'aéroport d'Holguin. Les enfants nus jouaient avec des bouteilles plastiques de toutes sortes, misérable lèpre de certaines anses abritées par les courants. Dans d'autres, à proximité des villes, le sable avait disparu, faisant place aux détritus divers. Des tonnes de déchets recouvraient des plages de quelques hectares, flottant dans quarante à soixante centimètres d'eau, parcourues par les enfants des quartiers défavorisés, jouant en maillot de bain dans cette surface plastifiée en trouvant l'eau sous la couche d'immondices. Le chauffeur s'arrêta pour boire un verre. Une baraque en planches avec des fruits pendus sur la façade indiquait qu'il s'agissait d'un endroit où l'on pouvait consommer. Pierre, malgré sa soif, l'attendit dans la voiture sous le soleil couchant.

Guardalavaca était plus beau, sauvage, encore imprenable par sa disposition et ses chemins défoncés, sur la côte, des essais de construction d'hôtels étaient restés vains, les promoteurs avaient échoué, faute d'argent, de main-d'œuvre ou de permis, nul n'était propriétaire de son bien, maisons, commerces ou terrains, tout appartenait au gouvernement, y compris les bâtiments publics, naturellement. Pierre l'avait entendu dire par Miguel au sujet d'un procès auquel avait assisté son fils à La Havane, concernant un ami à lui qui désirait revendre son appartement. Tous les biens immobiliers étaient la propriété de l'état.

Le conducteur revint, un verre d'aguardiente à la main, c'était un cadeau du commerçant. Pierre le prit, remercia et l'avala d'un trait. Ses boyaux se crispèrent sous l'effet de l'alcool, recevant la totalité comme un coup de poing.

La voiture redémarra, klaxonnant des touristes qui se croyaient arrivés chez eux, têtes en l'air devant un bâtiment de la magistrature et ses encorbellements majestueux sur lesquels figuraient des statues en pied. Le pavement de la placette était fait de bois debout pour éviter le bruit des roues en fer des charrettes, nombreuses à cette époque éloignée.

Le véhicule devait avoir un peu plus de soixante ans ; il connaissait l'histoire de ce pays pour l'avoir entendu raconter par Miguel, ou Carlos lorsqu'il pouvait en parler, par bribes… C'est vrai, mais en un an, il avait appris beaucoup. Les sièges de cuir protégés par la crasse remplissaient leur office, le plafond jauni par la fumée de cigares n'avait aucun accroc, sur les côtés, les veilleuses intérieures de ces voitures luxueuses fonctionnaient encore, et des vases en cristal bleutés restaient suspendus au-dessus des cendriers du même type, attendant le petit bouquet de la mariée lorsqu'elle viendrait s'y installer. Les voitures étaient toutes aussi délirantes les unes que les autres, souvenir d'un passé dépassé, de couleurs un peu fanées, à La Havane, elles allaient et venaient avec cette nonchalance qu'ont les Cubains lorsqu'ils se promènent sur les trottoirs des avenues.

Le taxi s'arrêta un peu après le bohio d'Émilia, le chauffeur n'ayant pas compris ce que Pierre avait dit. Pour son porcelet, il repasserait demain soir.

- A qui me bajo ! Gracias ! lui dit Pierre.

- Buenas tardes ! Hasta manana ! répondit le chauffeur.

Et il laissa Pierre sur le bord du chemin, dans la cocoteraie où soufflait le vent chaud de la mer qui s'était levé.

À quelques mètres de la maison, autour de laquelle nulle vie ne semblait exister, les poules picoraient le maïs qu'on leur avait donné, il hésita puis entra, sachant qu'il n'y trouverait plus Miguel. Émilia épluchait des ignames pour le repas du lendemain, le mouchoir à portée de main, parlant à Catalina qui recousait une jupe étroite. Elles levèrent la tête et Catalina se précipita dans ses bras. Devant sa mère, elle n'eut pour lui que des mots tendres que seules les Cubaines peuvent avoir, ses yeux brillant d'un éclat liquide et sa bouche voulant lui dire ce qu'elle n'était jamais parvenue à lui faire comprendre ; il se pencha sur Émilia, l'embrassa, et raconta lentement son histoire, de manière à ce que Catalina puisse traduire le sens de ses mots.

Quand il parla de sa fortune, il expliqua qu'il allait pouvoir enfin avoir de l'argent et rembourser ce qu'il leur devait, vraisemblablement courant de la semaine d'après… En attendant, il fallait qu'il aille revoir Escobar… et parler à Vargas. Pour s'exprimer, il rajoutait de temps à autre au bout de ses mots, suivant son inspiration, un A ou un O, et par chance, ça marchait assez bien. Catalina était fine, comprenant à son regard, à ses gestes, parfois à ses dessins, ce qu'il voulait exprimer. Ce n'était pas de tout repos, mais il s'en sortait bien.

Elle alla lui chercher la bouteille de rhum de Miguel, lui servit un grand verre avant qu'il n'eût le temps de refuser, puis deux autres plus petits pour elles deux, et ils trinquèrent à sa mort. Après le repas qui fut plus rapide que les autres soirs, Pierre alla rechercher la bouteille, il avait envie de boire pour son ami, pour lui… pour la journée qu'il venait de vivre. Son esprit quelque peu saturé par l'alcool vagabondait dans le futur, les bouffées de son cigare accompagnaient les douces paroles des deux femmes qui s'exprimaient sur leur passé.

Face à lui, sous l'amandier, Catalina s'était assise tandis qu'Émilia chantonnait des airs sur lesquels elle avait dû danser avec Miguel, en se balançant dans son fauteuil. La chaleur de la journée avait été importante, ils étaient en nage, au loin, un chien aboyait après Léonardo, et le vent leur renvoyait l'écho des vagues qui venaient se briser sur la côte. Il en était à son troisième verre.

Un cycliste passa sans lumière, suivi d'un autre. Le second était une femme, ils se dirigeaient vers la mer, sûrement pour conclure une envie qu'ils n'avaient pas pu assouvir dans la journée. Pierre, affalé contre le tronc du bananier, regardait Catalina assise les jambes pendantes sur un vieux tonneau d'huile, dans la nuit, à la lueur de la lune qui était pleine, il admirait ses jambes musclées scintillantes de transpiration, tout son corps devait être mouillé, et il ressentit l'envie d'aller se baigner avec elle. Voulant se relever, ses jambes ne le portaient plus, il se replaça comme il était et l'appela. Elle comprit sa demande, sa mère aussi qui disparut dans la maison, les laissant tous deux pour un baiser que Catalina put goûter à sa juste valeur.

Au petit matin, le silence faisait place à l'agitation générale, Catalina était douchée avant que Pierre n'ait pris son café et coupé l'ananas, Émilia était partie avec le cheval de Rosa, Catalina était superbe, les cheveux brossés et roulés en un chignon parfait, tenu par un peigne en écaille de tortue. Sa tenue vestimentaire n'était pas non plus à refaire, habillée d'une jupe à pois blancs sur fond bleu et d'un chemisier blanc fraîchement lavé.

Ses formes généreuses agrémentaient son allure, Pierre avait envie d'elle plus que les autres jours, ses yeux brillaient d'un éclat sans pareil, son corps se déplaçait comme une flamme sur un feu, en ondulant comme celui d'un reptile, laissant derrière elle ses arrières qu'elle avait forts et bien composés, son sourire était l'ouverture à la vie éternelle, l'espoir d'une toute première fois, le don d'elle-même avant de s'y soumettre. Il posa la question à propos de Manuel :

- Por favor, Catalina, quien es Manuel ? Ven aqui !

À sa demande, elle vint à lui jusqu'à le toucher. Ses jambes frôlaient les siennes et ses yeux s'embuèrent. Il lui prit la main et la baisa.

- Je ne sais pas mon amour… ! C'est un fils de pute… !

Au contact de sa peau, il sentit qu'elle attendait de lui plus qu'un discours ou qu'un questionnement, qu'il avait tout le temps d'y penser. Son autre main, restée libre, l'attira, elle s'assit sur ses genoux pendant qu'il finissait son café, les tranches d'ananas étaient frites, bien disposées dans un plat, il en prit une, lui fit mordre et mordit à son tour à pleines dents, leurs bouches avaient le goût d'un miel gorgé de sucre.

Elle le regardait avec amour, caressant négligemment son bras sur lequel de grosses cicatrices subsistaient, ses jambes s'écartèrent sous la paume de sa main qui essayait de se frayer un passage, déjà la chaleur était pesante et l'humidité à un taux élevé, leurs peaux glissaient l'une sur l'autre, sûres de trouver au bout de leur recherche un bien-être infini. Il vit ses yeux malicieux lorsqu'il s'aperçut au contact de ses doigts, qu'en dessous de la jupette, il n'y avait rien. Alors, il la prit dans ses bras et la déposa sur le lit d'Émilia où nulle fenêtre n'était présente.

Torse nu, il fit glisser son pantalon beige retroussé à mi-mollets, puis s'allongea à ses côtés, déboutonnant le chemisier de Catalina qui s'écroula de chaque côté de ses reins, ses seins étant trop arrondis pour le maintenir fermé. Sa peau était gluante malgré les efforts mesurés, la main de Pierre commença à la caresser tandis qu'elle refermait les yeux en souriant sur son bonheur. Depuis plusieurs mois, elle attendait cet instant qu'il n'arrivait pas à lui offrir. Les yeux mi-clos, elle l'attira à elle pour qu'ils puissent s'embrasser, se pétrir, se lécher, s'empoigner, se soumettre, se donner ; pareil à un bain de vapeur, leurs corps ruisselaient et leurs caresses se faisaient plus fines, plus érotiques, plus localisées, chez elle, tout était en eau, son corps allongé sur le dos s'arquait à la demande de son sexe, le priant de la prendre sans attendre plus longtemps, ce qu'il fit sans mal, doucement, avec l'appréhension d'une première fois, ne sachant pas encore ce qu'il découvrirait. C'est elle qui donna le coup de rein nécessaire à la pénétration, frénétiquement, leurs corps s'agitèrent en un va-et-vient généreux pendant lequel leurs yeux restés ouverts observaient la jouissance de l'autre, leur sueur mouillait le drap, Pierre combattait, appuyé sur une jambe encore malade, pour ne pas l'écraser, elle s'en aperçut et inversa les rôles, le faisant rouler sur le côté, sans perdre le contact, et le chevaucha à son tour.

C'est elle qui tenait les rênes, assurant la cadence, les seins pointés vers lui, les bouts excités sous ses doigts qui les titillaient, ses cheveux défaits retombaient en masse noire sur ses épaules dorées, la couleur de sa peau mettait en relief la moindre parcelle de son corps déjà si finement taillé, tantôt le regardant, tantôt regardant au plafond, elle accélérait son étreinte ou l'arrêtait quand elle sentait que son amour allait exploser, leurs souffles se faisaient courts, leurs gémissements intolérables pour ceux qui seraient passés par là, pareil à une souffrance qu'ils devaient endurer. L'acte de chair ne peut pas être un péché, pensait-il, sinon, il le saurait… ! Ses mains emprisonnaient ses hanches, ses cuisses, relevaient sa croupe pour l'aider au maximum, pour qu'elle puisse faire durer, pour qu'elle puisse rebondir.

Catalina le trouvait beau, et il l'était, dégoulinant de sa propre sueur et de la sienne, leurs corps se fondaient pour ne plus faire qu'un, sa main se risquant sur le haut de son sexe, là où les vibrations sont les plus intenses et l'agacement le plus torride, le pressant ou le faisant rouler sous ses doigts comme l'eut fait n'importe quelle autre femme pour se donner l'orgasme. Elle l'avait empoigné aux épaules et ses mains glissaient, l'obligeant à le griffer pour ne pas lâcher prise. Il s'assit sans la perdre, se mit en travers du lit et se leva pour avoir moins chaud, la coinçant contre le mur, debout, il cognait plus fort son ventre endolori, gardant leurs torses en contact, sentant sa poitrine glisser contre la sienne, et d'un coup, elle s'écria en espagnol :

- Esta bien… ! Esta bien… !

À son tour, il se laissa aller au travers d'elle comme une retenue d'eau qu'on libère, leurs corps se recroquevillaient en des soubresauts rythmiques, en spasmes continus comme si leurs membres étaient soudainement passés sur la braise, chaque muscle se décontractait en faisant place au plaisir.

Ses mains sous ses fesses, l'ayant soutenue jusqu'au bout, malgré les douleurs ressenties dans un bras, il la redéposa doucement sur le lit à côté de lui.

- Esta bien… ! Pierre… ! Mucho gusto !!

- Si… répondit-il en s'essuyant avec une serviette, je t'aime… !

- Moi aussi, mon amour ! dit-elle dans un souffle.

L'heure était aux aveux, aux besoins de se raconter, la fatigue physique ayant rempli son œuvre, l'esprit était beaucoup plus affiné, à même d'accepter les reproches ou les confessions les plus secrètes.

En se caressant le visage, ils regardaient les pales du grand ventilateur tournoyer. Par la fenêtre de la chambre de Pierre, il ne venait personne armé de sa machette, elle se rua dans le potager couper un ananas perdu pour étancher leur soif. Quand elle revint, Pierre était debout, une serviette autour des reins, elle restait nue devant lui, offrant son corps à ses yeux encore insatisfaits.

Le lendemain, ils se rendirent au rendez-vous de Vargas. Son bureau était vaste dans une pièce peu élevée, meublé d'un bureau en fer rouillé, d'un banc, d'une chaise et d'une table sur laquelle était posée une vieille machine à écrire face à un fauteuil tournant d'où s'échappait la mousse. Une dame d'une cinquantaine d'années était présente, apparemment l'interprète convoquée par Vargas. Escobar rentra, disant à peine bonjour, s'asseyant au grand bureau en les dévisageant tous. La fumée de leurs deux cigares dessinait des arabesques, parfumant ce lieu qui sentait le renfermé, et présageant une certaine hostilité en ce qui les concernait.

En lissant sa moustache, Escobar se mit à jouer avec une règle sur le bureau et Vargas sortit chercher trois chaises se trouvant dans le couloir, au passage, il brancha le ventilateur. Pierre avait recommandé à Catalina de passer sous silence l'histoire de l'accident et de ne raconter que le racket dont ils étaient les victimes.

- Qui commence ? demanda Vargas.

Catalina se mit à débiter ce qu'elle savait, avec des hésitations, des gênes et des larmes. L'interprète traduisait en français.

Les petits yeux d'Escobar scrutaient ce petit monde anxieux qu'il avait en face de lui, soupesant le pour, soupesant le contre, s'acharnant parfois sur les jambes de Catalina en soufflant sa fumée devant lui comme s'il avait voulu les atteindre. L'homme était fort, pesant, dégoulinant de transpiration dans son uniforme kaki. Ses mains boudinées pétrissaient la règle à la manière d'une brute. Vargas, à ses côtés, faisait figure de chérubin, regardant Pierre qui attendait son tour. L'interprète était rapide, efficace, monotone et monocorde ou l'inverse, sans état d'âme sur ce qu'elle entendait.

- ...Miguel avait reçu une somme d'argent d'un oncle installé à La Havane, il y a une trentaine d'années déjà. Cet oncle possédait plusieurs plantations de cannes à sucre et désirait que Miguel deviennent le chef de ses cultures. Il accepta, devenant son contremaître pendant quelque temps. L'économie de la canne à sucre n'étant pas régulière et le salaire de papa étant élevé, mon oncle dut s'en débarrasser... Après une violente dispute, Miguel quitta la plantation pour travailler comme ouvrier. Son salaire diminua fortement, et nous sommes venus habiter à Guardalavaca dans une maison de la compagnie. Nous sommes ici depuis vingt ans. La société ne l'a jamais récupérée et papa s'y trouvait très bien...

Un soldat, après avoir frappé, entra muni d'une feuille qu'il tendit à Escobar, puis repartit.

Catalina continua :

- ...Lorsqu'il a eu son accident avec Pierre, il y a plus d'un an, il est tombé sur cet homme nommé Manuel, conducteur de taxi à ses heures perdues, pourvoyeur de drogue lorsqu'il en avait le temps, chef d'un réseau de prostitution sur Santiago et Holguin. Comprenant que Miguel était en grande difficulté financière, il le fit venir chez lui pour lui demander de faire un travail de surveillance dans les rues de Santiago avant d'obtenir une place enviable sur La Havane. Il suffisait qu'il regarde si les filles étaient bien en place la nuit, et dénombrer leur clientèle. Ma mère n'étant pas d'accord, il lui dit que c'était juste pour quelque temps, que par la suite, il serait sur un travail plus intéressant. Un jour… ils ont parlé ensemble, Miguel lui a dit que son oncle lui avait donné pas mal de dollars avant de le licencier. Il les tenait cachés à la maison, seule, Émilia avait le droit d'y toucher… Alors tout changea très vite… Après que Manuel et papa eurent ramené Pierre à la maison, il ne le paya plus pour son sale travail… Miguel se mit à boire beaucoup plus, restant fort tard dans les bars, il rentrait au petit matin complètement épuisé, chaque semaine, Manuel venait lui acheter son silence contre une petite somme d'argent… ne révélant rien à la police pour ne pas nous créer d'ennuis… ne parlant pas de son accident… papa lui donnait vingt pesos tous les mois… et ce, pendant huit mois ! Ma mère devenait folle, se demandant combien de temps ils pourraient encore tenir. Miguel avait donc décidé de le tuer. Un jour que Manuel était venu le chercher pour l'emmener à Camaguey, il lui dit qu'il avait trouvé une fille superbe qui les attendait sur la plage de Banès… Ce lieu un peu isolé était idéal pour le tuer. Ce dernier fit un pas vers moi en me regardant fixement, puis dit à mon père : « Tu sais, le jour où tu me donneras ta fille, tu gagneras beaucoup d'argent, Miguel… » Mon père ne put se retenir… il prit sa machette, l'éleva au-dessus de la tête de Manuel qui tomba en arrière ; plus fort que lui, il l'évita, s'en saisit et lui donna un coup sous le menton qui s'ouvrit en deux… Avant de ressortir de la maison, il jeta la machette aux pieds de ma mère en l'injuriant. Carlos vint réparer les dégâts, et mon père continua à payer la somme de vingt pesos tous les mois. À présent qu'il est mort… c'est maman qui devra payer… Quant à moi, il m'a envoyé un de ses amis me dire qu'il m'attendait, qu'il me donnerait beaucoup d'argent… Voilà, c'est tout ce que je sais !

Catalina était arrivée au bout de son histoire ayant tout divulgué malgré l'avis contraire de Pierre, elle essuyait ses larmes dans le silence qui s'était fait, l'interprète n'ayant plus rien à dire. Vargas regardait Escobar, chacun se regardait, espérant trouver une réponse dans le regard de l'autre. Ce fut Escobar qui reprit la parole le premier. Il posa une question à Pierre et l'interprète fit la traduction.

- Monsieur Escobar demande si votre histoire est la même ? Est-ce que vous voulez porter plainte... pour l'accident ?

- Dites-lui que mon histoire est identique, et que je ne porte pas plainte !

Escobar se leva, traversa la pièce jusqu'à la porte, la feuille qu'on venait de lui remettre à la main, dit quelque chose à Vargas et sortit.

- Monsieur Malaquin, nous étions au courant de cet accident depuis longtemps, des paysans vous avaient vu... appelé une ambulance qui n'a jamais retrouvé le lieu, les gens n'ayant pas clairement défini l'endroit où cela s'était passé ; et la communication ayant été coupée... l'ambulance a tourné pour rien dans les petits chemins loin de l'endroit où vous étiez. C'est grâce à Manuel qui passait par là que vous êtes encore en vie... ! Manuel, dans le pays, mange un peu à tous les râteliers, comme on dit en France ! Mais il fait tourner l'économie, procure du travail à beaucoup de gens, d'une manière qui peut vous paraître parfois illicite, il s'occupe des entreprises à la dérive, redistribue l'argent qu'il a reçu aux familles les plus démunies, vit des commissions qu'il reçoit de l'un ou de l'autre. À La Havane, il est le chef suprême des bas quartiers, le patron des souteneurs qui font travailler les filles... Grâce à lui, les dollars peuvent circuler librement... Je sais que ça fait un peu désordre, mais s'il n'existait pas, l'argent serait économisé, anémié, alors qu'il le réinjecte dans le tabac et d'autres entreprises touristiques... les hôtels principalement, les compagnies d'autobus, de taxis... C'est quelqu'un d'indispensable au pays... Vous comprenez, monsieur Malaquin ? Nous fermons parfois les yeux... parce que nous y trouvons notre compte. Et croyez-nous, ce n'est pas un assassin, il n'a pas tué le père de cette demoiselle ! Autre chose… Escobar m'a dit de vous dire de vous présenter le plus rapidement possible pour l'examen médical concernant votre amnésie.

Il se tourna vers l'interprète qui buvait le verre d'eau que venait de lui tendre le planton stationné devant la porte d'entrée.

- Vous pouvez disposer, lui dit-il en français, merci pour votre aide.

Puis il se dirigea vers son bureau, tira le fauteuil et s'écroula, fatigué.

- Vous aussi, vous pouvez disposer, tout a été réglé, dit-il à Pierre. Ah ! Encore une chose… nous l'obligerons à rembourser l'argent qu'il vous a pris… et ensuite nous passerons à autre chose… ! Après avoir récupéré vos souvenirs, oubliez ceux que vous venez de vivre ici ! Allez, au revoir !

Catalina suivit Pierre dans le long couloir étroit qui sentait l'humidité réchauffée, les quelques rares portes restées ouvertes donnaient sur les mêmes salles que celle d'où ils sortaient.

Les fumées âcres des cigares se désépaississaient dans les remous des ventilateurs, tandis que les soldats rentraient, encadrant des personnes menottes aux poignets. Les cris des interrogateurs se mêlaient aux silences des gens interrogés, dans un remue-ménage de chaises tirées et de coups divers.

La bouffée de chaleur qu'ils prirent tous deux sur les marches du bâtiment fut la plus agréable de la journée. Ils se regardèrent, ne comprenant pas très bien ce qu'ils venaient d'entendre, et encore moins ce qu'ils étaient venus faire. Holguin s'étalait devant eux avec ses jardins publics ouverts aux vieux, aux jinitéras, aux fleurs, aux touristes, aux arbres gigantesques, à la salsa entre deux massifs d'hibiscus. Ils se rapprochèrent du bar devant lequel ils avaient eu rendez-vous la première fois. En prenant l'autobus, ils étaient à une heure de Guardalavaca. Marchant côte à côte, ne disant pas un mot, Pierre pensait à Miguel et à celui qui l'avait tué, Catalina l'entraîna dans un parc d'où s'échappaient des odeurs épicées d'orchidées, de bégonias, de toute une multitude de fleurs, de senteurs humaines frictionnées à l'eau de Cologne bon marché. La sensualité des gens assis sur les bancs était l'essence même de ce qui se dégageait de ce jardin dans lequel la musique vibrait en plein après-midi, comme l'eût fait une fête foraine, imprégnée de ses relents divers, la danse voyageait sur les gazons, roulait aux sons des congas derrière les buissons de fougères exotiques, en faisant naître la vie.

Pierre, songeur, dit à Catalina :

- J'aime ton pays… sans savoir ce que le mien peut m'apporter ! Peut-être est-il mieux… ?

Ils ressortirent par un autre accès donnant sur une avenue où des cars de touristes étaient environnés de petits enfants tendant leurs mains vers les vitres qui restaient obstinément fermées, alors qu'à l'intérieur, dans une vision opaque et bleutée, on pouvait voir leurs têtes sourirent devant leur insistance. Pierre n'était pas choqué, mais méprisait ces envahisseurs couverts de dollars, venus rechercher la pauvreté pour se sentir plus riches.

Catalina s'arrêta, et comme un aveugle, Pierre fit de même. L'autobus venait d'ouvrir sa porte, ils montèrent et Catalina paya le trajet qui les ramènerait à Guardalavaca.

Il devait avoir roulé soixante ans et plus, ses sièges rafistolés avec de la grosse ficelle acceptaient encore des poids un peu forts. Ils allèrent à l'arrière, où deux petits enfants et une dame tenaient un cochon à l'étroit dans une cage à oiseaux. La suspension du véhicule était morte. Lorsqu'il passait dans un trou, une vitre descendait au fond de son logement, aussitôt relevée par l'un des enfants. Dans l'autre rangée, une jeune femme dormait appuyée sur le dossier. Des hommes, le chapeau sur les yeux, tiraient sur leurs cigares pensivement, la chaleur emmagasinée par le car faisait s'exhaler les odeurs de rhum, comme si tous les vêtements en étaient imprégnés. Catalina appuya sa tête sur l'épaule de Pierre qui était robuste, et s'endormit. Par la vitre restée ouverte, il recevait la chaleur sur son visage comme une caresse, et ses yeux dans la moiteur des lieux finirent par se fermer. Secoués de plus en plus au fur et à mesure qu'ils approchaient, ils refirent surface, pris d'un besoin urgent de se baigner.

Les vagues s'apaisaient en début de soirée, la nuit tombant rapidement faisait place à la platitude de l'eau, à l'horizon, le halo blanchâtre encore présent transformait cette mer en lac, devenant une gigantesque surface nacrée, les vaguelettes venaient caresser leurs pieds comme une machine à masser ; nus, les vêtements entassés sur le sable chaud, ils entrèrent dans l'eau qui leur parut fraîche au premier abord. À proximité d'un pan de rocher sur lequel l'eau scintillait dans les nombreuses excavations, ils allèrent s'adosser. Catalina avait posé sa main sur l'épaule de Pierre pensant s'y accrocher à la dernière seconde, celle où il la soulèverait pour lui faire connaître l'amour sans contrainte, le corps massé par l'élément liquide caressé par ses propres mains, laissant son corps flotter sur le plan d'eau silencieux, sans témoins, sans retenues, sans la moindre gêne, sans la chaleur du drap qui colle à la peau. Il prit ses hanches, alors qu'il avait encore pied, la leva facilement, tandis qu'elle écartait les jambes autour de sa taille, puis doucement, la redescendit de manière à ce qu'elle s'empale, se retenant à la fois à la roche et à lui. Ils se mouvaient ensemble très lentement, de façon à ce que leurs sexes restent en contact étroit. Ils avaient tout leur temps, Émilia devait les attendre devant un bon repas.

Le corps de Catalina semblait plus noir et les reflets de la lune accentuaient la beauté de ses seins, il en était de même pour le corps de Pierre qui, avec les efforts qu'il faisait pour la retenir, faisait saillir les nombreux muscles de ses pectoraux. Collés l'un à l'autre, gênés par la paroi rocheuse, il la fit pivoter vers le large, la maintenant un peu plus, ayant tout son poids reposant sur ses hanches, leurs bouches restaient soudées l'une à l'autre, et les mains de Catalina activaient parfois le muscle principal qui, avec la crainte d'être surpris, diminuait un peu. La pratique n'était pas simple, de temps à autre, Pierre avalait de l'eau qu'il n'aurait bue que dans un cas extrême, un peu comme celui-là d'ailleurs ! Sous ses mains, les fesses de Catalina se durcissaient, poussant son corps vers l'avant, tandis que Pierre la relâchait vers le bas. Elle s'essoufflait, mêlant son haleine parfumée à celle de son ami, prit ses fesses qu'elle se mit à griffer pour procurer une réaction. Contre leurs ventres, l'eau clapotait à chacun de leurs mouvements, produisant parfois des bruits bizarres de ventouses arrachées à leurs peaux. Les flancs labourés par ses jambes, et n'arrivant pas à ses fins, il l'attira sur le sable, la fit mettre à quatre pattes et la reprit par-derrière de manière plus brutale qui mit un terme à leurs envies. Elle cria comme une louve à la lune, tandis qu'il regardait si personne n'assistait à la scène, puis se laissa aller.

Le corps défatigué, ils coururent se rincer dans un bras de rivière claire qui se perdait dans la mer, en traversant la plage, l'eau y était pure, pareille à une eau minérale, les quelques trous dans les rochers érodés par les vagues en furie formaient de véritables vasques lisses comme des baignoires dans lesquelles ils se laissèrent aller, savourant leur amour et cette douceur de vivre qu'ils prenaient plaisir à toucher. Catalina l'aspergeait d'eau dessalée, nettoyant ses yeux, leurs cheveux, sentait sa peau se détendre, pendant que les crabes par milliers se ruaient à la mer pour prendre enfin leurs bains.

... Il savait qu'il devrait retourner en France pour apaiser son inquiétude, découvrir qui il était, n'en parlait jamais, mais Catalina attendait ce moment avec appréhension. Une vie à trois s'était donc organisée. Pierre était un peu le chef, possédant les travellers, ils vivaient dans un certain confort. Émilia souriait depuis la mort de son mari, il y avait bientôt un an. Pierre s'était rendu avec Escobar à l'hôpital faire constater son état amnésique, qui ne fut pas difficile à confirmer. Les médecins tombèrent d'accord pour qu'il rejoigne le plus rapidement possible la France afin d'améliorer son état de santé.

Escobar recherchait toujours le meurtrier de Miguel, qui pouvait être un voisin, une connaissance d'Émilia, quelqu'un demeurant dans le secteur. Alonso œuvrait de son côté, connaissant des gens influents à La Havane, espérant qu'un d'entre eux puisse agir librement pour retrouver le meurtrier de son père. Un an avait passé, Pierre avait fait de grands progrès en espagnol, Catalina prenait des cours de français que lui enseignait un vieux professeur de Banès.

À Cuba, on mangeait, on vivait, on respirait, on pensait, on raisonnait, on rêvait, on priait, on travaillait pour l'amour ! Les affiches existaient peu, mais l'amour était à tous les coins de rues, dans chaque regard, sur chaque bouche, dans le geste d'une main, dans la bouteille de rhum, ou dans les volutes de fumée de cigares, dans la démarche d'une femme, dans la danse sous un tee-shirt mouillé, la transpiration brutale sous le soleil voilé, les pluies diluviennes qui semblaient éternelles, et les musiques aux rythmes évocateurs.

Il était arrivé à convaincre Catalina qu'il devait se trouver un travail, l'argent ne manquait plus, mais l'ennui commençait à l'envahir. Il s'était donc acheté une barque de six mètres pour aller à la pêche et chaque matin, lorsque le temps le permettait, il allait jeter ses filets au-delà de la barre de corail, aidé de Léonardo qui aimait ça, et de deux autres hommes, un, d'origine chinoise qui s'appelait Tsihan, et l'autre, Africain, qui s'appelait Wabadou. Les deux derniers savaient tout faire, plonger, localiser les bancs de poissons, réparer les filets, ramener des langoustes pour les restaurants alentour, pendant que lui, s'occupait de la partie technique et financière. Le moteur du bateau, un vieux Mercury de soixante chevaux, véritable relique de cinquante ans d'âge, répondait au moindre de ses désirs. Jamais en panne, il franchissait, au moment où la vague est la moins forte, la barre de corail en quelques secondes, son fond plat assurant un passage en douceur sans cogner la roche ou griffer les coraux, nombreux à cet endroit.

Avec la vente de ses poissons, il arrivait à payer ses hommes et son essence, quand il y avait un peu plus, il le donnait à Émilia ou offrait des cadeaux à Catalina. Elle aimait les bijoux, les vêtements, comme toutes les femmes, mais ces derniers étaient rares à La Havane. Alors, Émilia transformait des tissus trouvés sur des marchés pendant que Pierre dénichait des bijoux anciens, parfois de valeur, oubliés par de riches américaines dans leurs départs précipités.

Les Cubains n'en avaient que faire, marchandant pour la forme une bimbeloterie qui ne leur servait à rien. La haute bourgeoisie cubaine existait, discrète, suivie de domestiques stylés, chargés des paquets volumineux, ouvrant la portière de la voiture en s'effaçant devant eux, comme il y a soixante ans en arrière. Exerçant des professions libérales, ils embellissaient un pays qui partait à la dérive. Le tourisme seul contribuait à sa lente agonie. L'idée de la pauvreté était plus flagrante dans les grandes villes que dans les campagnes.

Pourtant, Pierre savait qu'ils ne manquaient de rien, si ce n'était que de quelques futilités se révélant très vite être contraignantes. « La vie n'est pas faite que d'éléments obligatoires à la survie de l'espèce humaine ! » Catalina le lui avait dit il y a bien longtemps, il savait qu'une plage de sable blanc, quatre palmiers, un soleil omniprésent, l'amour, le sourire et la gentillesse des gens peuvent contribuer à rendre plus heureux qu'une lame de rasoir, qu'un rouleau de papier hygiénique, qu'un robot pour mixer la soupe, le dernier livre paru aux éditions Plon, l'Eurovision, des chaussures de marche, tout ce qui fait la richesse des hommes une fois qu'ils l'ont atteinte.

À cela s'ajoutait, par contre, la haute technicité mécanique absente, faute de moyens, pour sauvegarder ce patrimoine architectural qui se délabrait un peu plus chaque jour, les travaux publics accomplis sur les façades et leur arrêt faute de matériaux.

Mais la vie coulait comme un fleuve embarrassé de blocs de rochers, en des méandres accidentés retardant celui-ci dans sa précipitation vers la mer. Personne ne semblait s'en plaindre. Leurs coutumes s'accordaient à l'unisson dans cette ambiance spéciale où le visiteur regardait comme un voyeur par le trou de la serrure la vie de ces gens prostrés, habitués à sourire au rythme de leur musique.

Pierre l'avait appris et s'y faisait parfaitement. Ses pêches commençaient à être reconnues, les acheteurs se faisaient plus nombreux. Unique pêcheur dans le coin, il avait donné l'idée à un autre qui s'était acheté un bateau plus grand. Il se nommait Diego. Sur l'eau, ils se sentaient ainsi moins seuls, unissant leurs efforts en rentrant de la pêche pour traîner sur le sable leurs lourds bateaux à fonds plats, les mettant à l'abri d'un coup de vent possible.

Outre les gros poissons, ils ramenaient diverses sortes de daurades, de poissons multicolores, des raies, des murènes vertes surprises en dehors de leurs trous, des langoustes que cuisinait Émilia en les faisant griller sur un feu de noix de coco et de palmes sèches, ainsi que des roussettes, cousines du requin qui attaquait les proies au bout de leurs hameçons. Au retour, Tsihan nettoyait les poissons, Wabadou les enfilaient sur une ficelle, puis sur un bâton. Parfois, ne pouvant pas sortir, les rouleaux de l'océan devenant trop nombreux, ils en profitaient pour remettre de l'ordre dans les hameçons ou les filets. Léonardo repeignait la coque, rebouchant les fissures à l'aide de chanvre prélevé sur les noix de coco. Leurs poils étaient écrasés mouillés, soigneusement brossés, torsadés pour en faire des cordelettes mélangées à du goudron servant au calfatage. Wabadou, avec un masque et un tuba, dénichait les langoustes qu'ils tuaient d'un coup de pic, leur sectionnant la moelle épinière.

De son côté, Diego organisait des pêches pour le tourisme, pêches aux marlins et récoltes de coquillages dans les fonds coralliens. Ils partaient à quatre, munis de grosses cannes à moulinets et de gaffes pour harponner le poisson blessé, tandis qu'un plongeur remontait des coquillages énormes qu'il vendait à terre, les photos crépitaient à bord, puis sur la plage autour des femmes qui les attendaient. Pierre était souvent photographié au retour de ses pêches. Les touristes plongeaient leurs mains dans ses casiers, se faisant photographier avec les plus gros poissons, comme s'ils les avaient pêchés eux-mêmes. L'endroit commençait à attirer les gens qui devaient en parler entre eux.

Catalina venait d'avoir vingt-trois ans. Son anniversaire tombait un samedi. Pierre lui offrit quatre jours sur la capitale. Ils partirent en autobus jusqu'à Holguin, puis en petit avion privé jusqu'à La Havane. Dans l'avion, il revoyait des trajets qu'il avait déjà faits, la crainte aussi de ce moyen de locomotion qu'il avait oublié. Catalina était ravie, regardant par le hublot la terre s'éloigner, les voitures et les maisons devenir comme des jouets. Ils étaient douze, avec un groupe d'Allemands. Il y avait deux heures de trajet, ce qui leur faisait économiser une journée par la route. Catalina était aux anges, serrant son homme par le bras, lui montrant les pâturages et d'autres cultures devenir des figures géométriques sous leurs ailes, les cours d'eau en lacets courant vers la mer, l'archipel de Camaguey lumineux comme un lagon, l'immense étendue d'eau salée, avec au nord, l'Océan Atlantique et le bohio d'Émilia, au-dessus, la Mer des Caraïbes. Les villes étaient miniaturisées. Sur les larges avenues, les voitures de couleurs vives comme des boîtes d'allumettes roulaient dans tous les sens, sur l'eau, longeant l'île, les voiliers resplendissaient sur des fonds en camaïeu bleu, leurs voiles blanchies par un soleil puissant. Le ronron du moteur, plus fort qu'à l'accoutumée, berçait les souvenirs de Pierre. Il revoyait l'hôtesse lui demander s'il avait soif, ainsi qu'à sa voisine. Un coffre de bagages à mains s'était ouvert pendant la traversée, un sac était tombé sur le type d'en dessous. Il en avait bien ri, celui-ci était complètement sonné ! Sa voisine aussi avait bien ri… elle lisait un livre… et parfois lui en parlait…

En dessous d'eux s'étendait la barrière de corail, aussi longue que l'île. Catalina avait appliqué sa joue contre la sienne, en lui caressant la main machinalement. Pierre ressentait les mêmes effets dans les mêmes conditions, il y avait bien longtemps…

Il avait payé en dollars et retenu une chambre dans un hôtel luxueux, pour le reste, il comptait sur Catalina qui lui ferait découvrir ce qu'il ne connaissait pas. L'avion opéra sa descente, chacun ayant été prévenu de mettre sa ceinture, le sol se rapprochait à présent rapidement, les choses et les gens devenaient plus nets, l'avion vira sur l'aile gauche d'abord, puis se remit en ligne droite, accélérant un peu ses moteurs de manière à atteindre la piste d'atterrissage beaucoup plus souplement.

Dans l'avion, les gens se signaient, Catalina, elle, rentrait ses ongles dans le bras de Pierre, regardant les têtes des palmiers défiler à grande vitesse par les hublots libérés. Secoué par un sursaut, il vint s'arrêter au pied d'un bâtiment austère, surveillé par des soldats en arme, et des avions énormes faisant le plein de touristes par des coursives cachées dans de gros tubes carrés. La chaleur sur le tarmac était épouvantable. L'odeur de kérosène mélangée aux odeurs de la capitale anéantissait momentanément l'esprit du voyageur qui descendait d'un lieu assaini par l'air conditionné. À la sortie de l'aéroport, les chauffeurs de taxis attendaient avec les chariots, les cartons à bout de bras, sur lesquels étaient inscrits les noms de celles ou de ceux qu'ils véhiculeraient. Guardalavaca était bien loin, Pierre prit la main de Catalina.

Leurs premières missions étaient d'acheter des vêtements avant de se rendre à l'hôtel. Souvent identiques, ces derniers étaient loin de friser l'originalité. Les chemises pour hommes étaient toutes pareilles, quant aux vêtements féminins, on retrouvait les mêmes tissus imprimés dans la plupart des boutiques. Tout allait à Catalina qui, menue, supportait aussi bien le long que le court. Dans les cabines d'essayage, Pierre ne pouvait pas entrer, mais donnait son avis à travers le rideau qu'elle ne tirait pas à fond. Pour les dessous féminins, ce fut plus difficile, ne portant jamais de soutien-gorge, n'ayant besoin que de slips, elle fut obligée d'acheter l'ensemble. À la dérobade, Pierre admirait son corps magnifique, et la vendeuse en faisait tout autant. Pendant qu'elle s'admirait devant une glace rongée par le temps, il regardait ses formes qu'il avait eues entre les mains, sa chute de reins aussi prononcée que celle des femmes noires dans certaines tribus… il en avait vues sur des magazines jadis… fantasmant sur l'arc indécent de leurs dos, mis en valeur par leurs postérieurs généreux, véritables appels à l'amour, beauté altière des corps dénudés et aux sous-entendus si souvent entendus.

Il paya les paquets qu'une jeune femme finissait de ficeler sur le bord du comptoir, Catalina ayant gardé sa robe aux multiples couleurs, représentant une moisson de fleurs, aussi différentes les unes que les autres, dans un tissu transparent sous lequel, lorsque le soleil brillait, il apercevait son entrejambe légèrement renflé. Ils rentrèrent chez le bijoutier où quelques montres suisses étaient suspendues à des élastiques sur des cartons salis, puis à la banque pour faire provision de dollars.

La façade jaune de l'hôtel contrastait avec les immeubles voisins qui n'avaient pas été reblanchis depuis longtemps. Son arcade gigantesque invitait au passage pour se retrouver dans un patio rempli de verdure et de fleurs, aux pavés inégaux, aux escaliers de pierre taillée, très large, montant à l'assaut des promenoirs et aux chambres. L'accueil était charmant, dirigé par une femme mulâtresse, française, pleine d'énergie et de bon goût. Au centre, un piano à queue malmené par un noir frappant des notes aux accents langoureux, entouré de quelques tables et de chaises en rotin où les clients pouvaient consommer des boissons rafraîchissantes ou des apéritifs corsés. Des immenses colonnes, probablement du XVIIe siècle, tenaient suspendus des plafonds à caissons de la même époque, éclairés d'un ciel bleu resplendissant au cœur du patio, inondant le pianiste d'une lumière naturelle. Au-dessus de l'escalier, une partie voûtée était mise en valeur par des lanternes énormes suspendues par de vieilles chaînes aux maillons rouillés. Une jeune fille portait leurs paquets et la patronne leur souhaita la bienvenue en les conduisant à leur chambre.

- Vous avez eu raison à la fois de m'écrire et de me téléphoner pour retenir une chambre, dit-elle, nous n'en avons que vingt et à cette époque de l'année, il est assez difficile d'en trouver… Vous êtes en vacances pour longtemps… ?

Pierre crut reconnaître cette phrase qu'il avait déjà entendue.

- Euh… Oui… ! Si on veut… !

- … Nous sommes arrivés… ! Comme vous me l'avez demandé, nous vous avons réservé une suite, la seule de notre établissement… Déposez les paquets ici, Zina… Je vous laisse découvrir les lieux vous-mêmes… Le soir, le repas sera servi en bas dans la salle du fond, derrière le patio, ou ici selon votre demande… J'oubliais, n'ouvrez pas les fenêtres, la chaleur rentrerait rapidement et la climatisation a du mal à refaire de l'air frais… Si vous avez besoin, le téléphone est là… Bon aménagement, à tout à l'heure !

Elles disparurent toutes les deux, laissant Catalina complètement ahurie devant cet étalage de richesses, de dorures, de luxe, de confort, d'objets amusants, de marbre, d'étoffes et de cette musique en sourdine diffusée dans tout le bâtiment au-dessus de chaque lit, de moquettes épaisses aux teintes délavées qui à force de nettoyages incessants perdaient leurs poils, de glaces renvoyant leur image, de fauteuils profonds défoncés par les nombreux voyageurs, de tableaux accrochés aux murs, peints par des Afro-cubains naïfs, et enfin de leur lit immense sur lequel pouvaient s'allonger quatre personnes sans être serrées, avec au-dessus, un baldaquin d'où retombaient des voiles vaporeux un peu troués.

Elle se mit à frapper dans ses mains au son de la musique, à danser autour de Pierre en le prenant par la main, à l'embrasser avec la fougue d'un enfant lorsqu'on lui offre un cadeau. Ils étaient heureux - la fraîcheur de la pièce les réconfortait - prêts à faire des bêtises à la moindre occasion. Ils coururent à la salle de bain où Catalina était déjà nue. Le pommeau de la douche, couvert de calcaire, laissait échapper des gouttes d'eau qui s'écrasaient sur la dalle de ciment.

Elle criait à Pierre des mots d'amour, ne sachant plus s'il fallait les lui dire en cubain ou en français, son rire explosait comme une vague lorsqu'elle atteint un obstacle, elle ouvrit les robinets forçant Pierre à se mettre en dessous, le jet puissant arrosait le plafond et retombait en brouillard épais sur leurs corps entrelacés, Pierre riait aussi, heureux de faire partager un état qu'il avait connu bien avant, sans pouvoir en préciser le moment… Il savonna son corps, puis le sien, insistant de manière à ce qu'une couche épaisse les recouvre. Sous le fin filet d'eau qu'il avait réduit, ils se caressèrent sans que la moiteur ne vienne entraver leurs gestes. Le plaisir était vif pour l'un comme pour l'autre ; leurs corps se prêtaient à ce jeu qui excitait leurs sens. Les seins de Catalina grossissaient, ainsi que leurs pointes tendues et durcies sous les paumes visqueuses de savon. Son sexe allait et venait dans sa main, sans le révulser, sans le blesser. Ils étaient bercés par la musique des haut-parleurs. Catalina tourna le dos, tout en restant collée contre lui, ondulant des hanches, faisant avec ses fesses le même travail qu'elle faisait avec sa main. Quand ils se rhabillèrent, elle avait joui deux fois.

En bas, la musique battait son plein, un chanteur envoyait des mots dans un micro qui avait fait son temps, accompagné de deux guitaristes. Il s'agissait d'une berceuse pour l'enfant d'une mère qui venait de perdre son mari. Catalina écoutait, les yeux pleins de larmes, adossée contre la colonne, traduisant à Pierre les principaux couplets.

... Et de ce petit être
tu feras l'homme que j'étais
en le prenant dans tes bras
tu penseras à moi...
... Je ne suis pas loin de toi
si tu peux encore m'écouter
pleurer ou rire avec passion
tu viendras fleurir ma tombe
... D'où je te regarde
je veux voir notre enfant
dans tes bras ou contre ton sein
se nourrir ou s'endormir...

Un jet d'eau rotatif envoyait de fines gouttelettes sur les plantes grimpantes, luxuriantes, et le rhum emplissait les verres des convives avant qu'ils ne passent à table.

Catalina avait suggéré La Havane la nuit, toutes les nuits ! Le reste du temps, ils le passeraient au lit.

Les restaurants voisinaient avec les Paladères, vivant en parfaite harmonie. Les hôtels bon marché absorbaient ou rejetaient les jinitéras jeunes et jolies suivies de leurs vieux clients vicieux, les musiques de rumba côtoyaient des groupes privés, munis de boîtes, de casseroles, de seaux en plastique, de disques de freins sur lesquels ils marquaient le tempo à l'aide d'un maillet de bois, le marchand de cigares à la sauvette se faisait interpeller par le policier qui lui demandait ses papiers, la fumée noire des voitures vidangées tous les mois avec de l'huile avariée se mêlait aux fumées plus légères des cigares trafiqués, et le rhum coulait à flot dans les gorges les plus sèches ou la bouche des plus raffinés. Toutes les nuits, les Cubains dansaient, à l'affût d'une loggia, d'un patio où quelques touristes pour quelques dollars, venaient les admirer dans leurs numéros de sensualité.

Catalina s'en donnait à cœur joie, elle était chez elle et la musique était en elle. Les hommes les plus beaux venaient l'inviter à se trémousser aux sons des bongos et des chansons lascives, devant le regard stupide de Pierre, il n'était pas Cubain, il le sentait bien. Sa nationalité française trahissait son manque d'entrain, son peu de générosité à se laisser aller, sa réserve devant sa propre sexualité, certes un peu débridée, mais n'accompagnant jamais une passion à l'exposer,

Catalina roulait son ventre contre celui de son partenaire, comme si elle n'avait eu que ça pour s'exprimer, ses yeux magnifiques brillaient dans les néons, n'autorisant pas ceux de son compagnon à les poser ailleurs, le mouvement semblait unique, la jambe de l'homme entre les siennes ne relâchait pas le contact, et quand ils les pliaient tous les deux, elle se retrouvait les jambes écartées sur une de ses cuisses. Parfois, les mains de l'homme posées sur ses fesses retenaient son corps prisonnier lorsqu'il voulait s'échapper, et Pierre souffrait intérieurement, attendant qu'elle revienne à lui. Il savait aussi qu'il ne pouvait pas y échapper, les nuits étaient un vrai cauchemar. Le matin, après avoir bien bu, ils rentraient à l'hôtel sans un mot, plus ivres de musique que de rhum, et Pierre se décida à danser l'avant-dernière nuit. Malgré le couple qu'ils formaient de par leurs attitudes, main dans la main, déambulant au hasard des avenues, prenant le frais sur le Malécon, il sentit une petite main se glisser dans la sienne. Surpris, il s'aperçut qu'une jeune et jolie femme les suivait, tout émue de pouvoir le toucher. Catalina ne s'apercevait de rien. La main un peu moite quémandait l'amour, caressant ses doigts qui se débattaient un peu.

Au bout de la jetée, Catalina entra dans un club où tout un monde nocturne était venu danser. Dans la cave, les murs tremblaient, plus de cent personnes se contorsionnaient sur la piste sous les lumières tamisées, favorisant le rapprochement d'un peuple en ébullition et se faisant happer au passage. La petite main se remettait dans la sienne. Dans la pénombre, il devina le visage de la jeune femme qui les suivait, elle lui arrivait à la hauteur des épaules, lui souriait, le poussant vers la piste où les gens se bousculaient. Vêtue d'une jupe qui lui arrivait à mi-cuisses et d'un tee-shirt léger, elle se colla à lui, attendant que son corps vienne épouser le sien. Pierre essayait de retrouver Catalina, admirant les déhanchements suggestifs, évitant un verre de rhum qu'un homme tenait maladroitement, percevant les atouts de sa compagne sous ses habits, la sentant frémir contre le brusque durcissement de sa condition masculine. Elle s'appelait Clara.

Il y avait un étage, peut-être deux, donnant sur des terrasses fleuries et sur la mer, des amoureux enlacés admiraient la lune qui se projetait sur l'eau. Catalina n'était pas en bas. Ils montèrent encore, sur la terrasse, il y avait une piscine dans laquelle des touristes assoiffés de fraîcheur batifolaient à la lueur des projecteurs. Elle ne quittait pas sa main, qu'il continuait malgré tout à tenir. Inquiet, il redescendit, l'affluence s'était quelque peu affaiblie, de rares couples attablés consommaient le reste de leurs verres racontant à qui voulait l'entendre que c'était la fin de leur séjour et leur dernière nuit de folie. Accompagné de Clara, il sortit de la boîte, l'air plus chaud venant de l'extérieur leur donna envie d'aller sur les rochers au pied du Malécon.

Tout était noir, des chuchotements de-ci, de-là, les prévenaient qu'ils n'étaient pas seuls.

Chaque fois que la porte s'ouvrait, la musique venait frapper le muret longeant l'avenue, apportant à Pierre l'inquiétude de ne pas revoir Catalina. Clara lui parlait en espagnol à voix basse, lui montrant avec la main les chemins de l'interdit. Personne ne pouvait les voir, pas même ceux qui étaient là pour ça. Pierre vivait un véritable cauchemar, ne sachant que faire, avec l'envie de crier et peur de se faire entendre.

Les crabes couraient autour d'eux dans l'obscurité, faisant des bruits de mandibules en recrachant des bulles moussues qui éclataient aussitôt, la douceur du sexe de Clara s'offrait sous sa main, près d'eux, des soupirs de satisfaction se mêlaient aux râles de l'homme qui exulte. Elle le força à descendre vers la vague, l'obscurité y était plus profonde, un rocher plus plat que les autres lui permit de s'allonger, les jambes bien écartées, le slip descendu sur une cheville, elle attendait celui qui la couvrirait d'amour et de dollars. D'une main, elle avait sorti un sein par-dessus son calicot, espérant trouver la caresse avant qu'il ne conclue. Pierre n'était pas là, pensant à Catalina, à ce qu'elle était devenue, à l'endroit où elle pouvait être. Peut-être cherchait-elle aussi après lui, peut-être était-elle rentrée à l'hôtel... ?

Clara lui chuchotait des mots à l'oreille qui hérissait sa peau. Voyant qu'il tardait un peu, elle lui caressa la poitrine puis le bas du ventre, sa bouche aux lèvres humides trouvait les endroits qui le faisaient frémir. Pareils à des piques, ses baisers faisaient mouche, le mettant dans un état proche de la jouissance, il retenait ses mains, dont l'une trempait dans l'eau pour le rafraîchir, il retenait son envie, fermant les yeux pour se concentrer mieux sur la disparition subite de son amie.

Méthodiquement, la langue de Clara entrait dans son oreille, puis dans sa bouche, mordant son cou puissant à petits coups répétés, léchant la pointe de ses seins, jouant avec lui comme l'eut fait une chatte avec une souris, avant qu'il ne succombe à l'acte de chair.

Pierre se redressa, mit la main dans sa poche, retira un billet et le lui donna, enjamba rapidement les rochers qui le séparaient de la route et du club, la laissant pantelante et surprise de n'être pas arrivée à ses fins. Il entra de nouveau dans le bâtiment d'où les gens commençaient à sortir, et dans un mauvais espagnol, demanda au portier s'il avait vu une jeune femme très belle, très brune, avec une robe fleurie semblant rechercher quelqu'un. L'homme lui répondit qu'il avait vu beaucoup de gens, qu'il ne pouvait pas dire si cette femme était parmi eux. Sur la piste, des couples bougeaient à peine, s'étreignaient en s'embrassant. La musique s'était adoucie, les lumières rallumées, il monta au premier étage où une serveuse nettoyait le sol, puis au second où était assis sur la marche de la piscine un homme manifestement perdu dans ses pensées et le rhum. Il prit un taxi et se fit reconduire à l'hôtel presque immédiatement.

À l'accueil, on lui remit une lettre à son nom, c'était l'écriture de Catalina. La patronne qui ne s'était pas encore couchée, lui souhaita une bonne nuit et il monta quatre à quatre les marches d'escalier jusqu'à sa chambre lire la lettre qu'elle n'aurait jamais pu écrire, celle-ci ne sachant écrire que son nom.

« Monsieur Malaquin,

Nous venons de mettre un terme à quelques différends ainsi qu'à des années d'espoir que nous avons nourri tous deux voilà bien longtemps. Je vous prierai de bien vouloir taire vos sentiments de révolte, ainsi qu'une vengeance qui ne sera pas appropriée dans ce cas précis.

Catalina n'a suivi le chemin que pour lequel elle était destinée. Sa mère ne sera pas pour autant abandonnée. Il ne vous reste plus qu'à reprendre vos esprits en retournant en France et retrouver les bons souvenirs qui vous redonneront vie.

Laissez la police en dehors de tout cela, et votre route sera libre, sans que vous n'y trouviez une seconde voiture qui ne vous rate pas ! »

Pierre lisait et relisait, affligé, anéanti, révolté, dégoûté, les termes de cette lettre qui était bien tournée. Elle n'était pas signée, juste manuscrite, avec une perfection de style qui ne ressemblait en rien aux gens qu'il connaissait.

Il redescendit à l'accueil demander qui l'avait remise. La patronne éteignait les lampes des couloirs, laissant les lampes du jet d'eau et de la voûte principale allumées.

- Il y a environ quatre heures… il devait être… dix heures… une petite fille s'est présentée avec cette lettre, en me demandant de vous la remettre.

- Appelez-moi un taxi, je pars ce soir ! fit Pierre.

- Il n'y a rien qui va mal, j'espère ?

- Si j'ai perdu un membre de ma famille ! répondit-il.

Il remonta tout aussi vite que la première fois faire ses bagages et ceux de Catalina, son sang bouillait en lui comme jamais. Chaque fibre de son corps demandait réparation pour cet enlèvement qu'il condamnait, et ses muscles maintenant sur la défensive espéraient autre chose qu'une relaxation bienfaitrice.

Il paya l'hôtel, le taxi attendait, la patronne aussi avec un réconfort pour le voyage. Un double daiquiri explosif qui le tiendrait éveillé. Il mit ses bagages dans le coffre et dit d'une voix ferme :

- À l'aéroport, por favor !

L'avion n'était pas là, il lui fallait attendre quatre heures avant de pouvoir décoller. Il rangea ses bagages sous un banc siuté sous un appentis et s'allongea dessus en pensant à ce qui lui arrivait.

C'était la première fois qu'il sentait vraiment sa force, ses muscles noueux et abondants malgré l'accident qui les avait atrophiés, sa carcasse dure au mal, souple et rapide comme l'éclair, ses bras pouvant étouffer un tigre, son ventre dur comme du béton fait d'un puzzle de carrés musculeux, ses cuisses puissantes comme l'acier ne demandant qu'à se détendre par des coups de pied bien appliqués. Sur son banc, il ressentait ce qu'il n'avait encore jamais ressenti, la haine et le besoin impératif de libérer son corps, en libérant celui de Catalina.

Il avait du mal à imaginer ce qu'il ferait endurer au responsable de l'enlèvement s'il tombait sur lui.

Comment allait-il prévenir Émilia… ? Qu'allait-il lui dire pour qu'elle ne soit pas trop choquée ? Une chose était sûre, il ne devait pas prévenir la police !

Comment allait-il faire pour retrouver sa trace, seul, dans un pays qu'il connaissait peu, dans une langue qu'il commençait à peine à maîtriser ? Le petit aéroport était noyé dans l'aube humide, sur son banc, il regardait les oiseaux de proie chasser les rares corbeaux posés au sol, le baraquement de l'accueil était occupé par deux personnes dont un soldat, le faible éclairage suffisait à indiquer une présence dans un silence de pleine campagne. Un petit avion atterrissait toutes les cinq heures, amenant ou ramenant quelques passagers un peu plus fortunés que d'autres, obligés de prendre l'autobus. Il ne comprenait pas les premières lignes de la lettre qui faisaient allusion à Catalina… qui était cette personne… ? Manuel ne l'aurait pas fait après la mort de Miguel… Qui avait intérêt à détruire cette famille, et pourquoi… ? Un taxi s'arrêta à trois mètres du petit abri sous lequel Pierre était allongé, le chauffeur descendit décharger les bagages entassés dans le coffre. C'était un couple de Français qui se rendaient à Holguin dans un autre hôtel, ils avaient l'allure des gens qui sont en vacances, une quarantaine d'années, et parlaient de manière à ce que tout le monde puisse les entendre.

Le petit homme moustachu, le crâne dégarni, entra dans le bureau qui était à côté, laissant sa femme au pied des bagages, Pierre reconnut celui qui était au club, avec le verre de rhum qu'il avait évité de justesse. Il s'approcha de sa femme, se fit reconnaître et lui demanda si elle avait aimé la soirée. À ce moment-là, son mari revint avec les billets d'avion dans la main, et le sourire aux lèvres salua Pierre. Sa femme lui expliqua qui il était, et Pierre amena la conversation sur Catalina en leur demandant s'ils se souvenaient d'un incident autre que celui du verre de rhum. Ce dernier chercha, lui expliqua qu'il avait un peu mal à la tête, faute d'avoir trop bu, que ses souvenirs restaient très flous. Le ronron du moteur d'un avion vint abréger leur conversation, supplanté par celui d'un autobus qui s'arrêta à proximité.

Six personnes en descendirent, avec à leur tête, un personnage tenant un parapluie rouge vif. Il s'agissait d'un guide dirigeant trois couples d'Allemands et leur bruyant tapage. Pierre les aida à mettre leurs bagages dans la soute avant d'aller s'asseoir.

Le fauteuil à côté du sien était vide, renforçant sa conviction que s'il retrouvait les auteurs de l'enlèvement de Catalina, il le leur ferait payer très cher. L'avion décolla et l'hôtesse, très typée, vint lui présenter un verre de champagne. La compagnie fêtait sa cinquième année d'entreprise. Pierre remercia, la regardant de haut en bas. Elle le dévisageait aussi, avec l'envie qu'une femme peut avoir dans son existence quand elle subit des revers en amour, ou dans sa vie professionnelle, qu'elle pense pouvoir trouver le prince charmant reclus comme une bête fauve au fond de son antre. Hésitante, elle lui tourna les talons, offrant aux autres clients le champagne qu'il avait refusé, ses formes modelaient son tailleur blanc ajusté à sa morphologie, ses mollets musclés, à chacun de ses pas, produisaient une sorte de déclic dans le bas-ventre de Pierre.

Son service terminé, elle vint s'asseoir à ses côtés, les jambes croisées dans l'allée centrale, empiétant sur son accoudoir, en feuilletant les pages d'un magazine, approchant son coude du sien qui ne se repoussa pas. Au contraire, elle se tourna vers lui, lui demanda s'il était Cubain, et la raison de sa tristesse. Pierre répondit en français qu'elle comprit très bien.

À sa montre, il y en avait encore pour trois-quarts d'heure, elle se leva, reprit les coupes de champagne, les remit dans des petits rayonnages prévus pour ça, puis revint s'asseoir. La veste de son tailleur avait un bouton en moins, ses deux petits seins sortaient d'un soutien-gorge trop contraignant, leurs formes arrondies, modelées pour celui qui les aurait en main, excitaient l'œil vigilant de son voisin, sa peau mate ressemblait à celle de Catalina.

- J'habite Holguin, lui dit-elle, j'ai encore un voyage à faire avant d'être de repos trois jours !

- Vous aimez votre métier ? demanda-t-il sans savoir pourquoi.

- Je m'y fais… Les horaires sont un peu décalés… Heureusement, je ne suis pas mariée !

- Vous êtes jeune, vous êtes belle… tout l'avenir est devant vous !

Elle lui sourit, plissant ses yeux qu'elle avait déjà en amandes, d'un bleu vert aussi limpide que pouvait l'être l'eau de la plage préférée de Catalina.

- Et vous… que faites-vous ? Vous être en vacances ?

Il lui raconta ce qu'il venait de vivre, sachant que ça contribuerait à lui faire du bien avant d'affronter Émilia. Elle l'écoutait attentivement, tendue au maximum, comme la corde d'un arc, prête à le consoler, à le calmer, à essayer de le comprendre, à lui dire que cette femme avait de la chance d'être tant aimée, qu'il la retrouverait, qu'elle n'était pas très loin…

En décroisant ses jambes, le journal dont elle se servait comme d'un éventail tomba. Il se pencha pour lui ramasser. Les sièges trop serrés l'obligèrent à poser sa joue sur son genou, à son contact, elle frémit comme une jument piquée par un taon. Il s'excusa. Elle s'appelait Josepha, et lui laissa son adresse au cas où il aurait besoin d'elle. Il lui décrivit Catalina le mieux possible, de façon à ce qu'elle puisse la reconnaître. Une fois l'avion posé, elle alla à la porte saluer les gens qui en descendaient, Pierre étant le dernier, profita d'un instant de tranquillité, tira légèrement la porte vers eux, et l'embrassa dans un petit coin discret. Elle rougit, ne s'attendant pas à pareille manifestation, mais ne parvint pas à se révolter pour autant. Quand il fut au bas des escaliers, il se retourna, elle lui souriait.

Le taxi s'arrêta devant le bohio d'Émilia, assise sous le bananier, grattant des ignames pour le repas, dans une bassine d'eau sale.

Surprise de le voir seul, elle se leva. Pierre avait l'impression d'avoir quitté la maison depuis une éternité. Après ces quelques jours à La Havane, il trouvait que la maison avait beaucoup plus l'air d'une cabane, que les murs rongés par les pluies diluviennes et rougis par les éclaboussures des gouttes s'écrasant au sol, lui donnaient une allure de masure misérable. À l'intérieur, le sol était en terre, il avait vécu sur celui-ci, heureux et malheureux, aimé par des gens qui avaient su lui faire oublier leur pauvreté.

Émilia à ses côtés, l'interrogeait du regard. Il la prit par le bras doucement, la fit entrer. En espagnol, il lui expliqua la situation, lui promettant de retrouver sa fille. Émilia se mit à hurler, à pleurer, à invoquer des dieux qu'elle seule devait connaître, puis à le maudire, ressassant ce que Pierre leur avait fait vivre. L'accident, le meurtre, et à présent, l'enlèvement de sa fille… ! Tout ça était de sa faute… elle n'aurait jamais dû lui faire confiance… ! ils l'avaient tous soigné… ! tant protégé… ! c'était de sa faute… elle allait faire les démarches auprès de la police… il l'avait abandonnée… c'était un ingrat… ! un Français ! Elle ne voulait plus de lui chez elle… ! Elle courut à sa chambre, arracha ses vêtements posés sur un meuble, les jeta à terre et les piétina… elle n'avait pas besoin de son argent… ! plus besoin de son réconfort. Miguel, de là où il était, veillerait à venger sa fille… ! Elle le renvoya dans son pays. Rosa le lui avait dit un jour… « fais attention, il est peut-être dangereux ! », elle préviendrait tout le monde, y compris Alonso qui ferait son enquête…

Enfin, elle s'écroula en pleurs sur un lit, anéantie par le chagrin. Depuis qu'il était arrivé dans leur vie, il n'y avait eu que des malheurs… il valait mieux qu'il parte vite… avant qu'il ne se fasse trancher la tête par Salvador…

Il attendit qu'elle se calme en prenant une douche, sur laquelle elle se rua avec une bouteille à la main, voulant lui fracasser la tête. Il était nu. Il la saisit aux poignets, la retourna, et la jeta sur son lit. Agenouillé à ses pieds, il lui caressait le visage pour essayer de calmer sa fureur, lui murmurant des « mi amor » dans l'oreille. La situation, vue de loin, était cocasse. Il était nu, sans vraiment sans rendre compte, au pied de la mère de celle qu'il aimait. Il lui libéra les poignets, lui prit une main et l'embrassa. De son autre main, avec ses gros doigts, il lui essuyait ses larmes qui n'arrêtaient pas de couler, mit sa joue contre la sienne, lui parlant à l'oreille, se souvenant de mots doux que Catalina lui disait. Lorsqu'elle fut calmée, il lui fit promettre de n'en parler à personne… que c'était une question de vie ou de mort, surtout pas aux paysans du coin… qu'elle devrait leur raconter que Catalina était restée à La Havane pour y apprendre un métier, par exemple… qu'elle reviendrait bientôt… ! Quant à lui, il allait réfléchir à ce qu'il allait faire… qu'elle ne devait dire à personne qu'il était revenu aujourd'hui, puisqu'il allait repartir immédiatement !

Émilia le prit par l'épaule, le caressa à son tour, ses yeux rougis par la douleur, des hoquets dans la voix, elle lui demanda pardon, s'excusant de s'être emportée… mais qu'il devait comprendre… et surtout faire vite pour retrouver sa fille. Elle le regardait comme si c'était la première fois qu'elle le voyait, elle, qui l'avait soigné comme l'infirmière la plus dévouée, elle le trouvait beau certes, mais surtout, prodigieusement fort… elle savait qu'elle pouvait compter sur lui, que ces salauds seraient punis… qu'il ferait tout pour retrouver leur petite Catalina.

Prenant subitement conscience de sa nudité, il entoura ses reins d'un vêtement trouvé au sol, embrassa Émilia sur le front en la serrant très fort, déposa la valise de sa fille près du lit. Après quoi, il alla réfléchir sur le rocking-chair.

Relisant plusieurs fois les deux phrases de la lettre qu'il ne comprenait pas.

« ... Nous venons de mettre un terme à quelques différends ainsi qu'à bien des années d'espoir que nous avons nourri : tous deux voilà bien longtemps… »

Tous deux… c'étaient qui… ? Lui, et celui qui avait enlevé Catalina… ? Ou Catalina et l'auteur de l'enlèvement ?

Il savait qu'il allait devoir aller très vite, car s'il s'agissait d'une vengeance, l'homme n'hésiterait pas à agir, et s'il mettait Catalina sur le trottoir… il ne le supporterait pas. Émilia lui apporta un verre de rhum qu'il but d'un trait, lui prit la main et la remercia. Elle aperçut dans son beau regard des larmes qui restaient en suspens, et lui demanda s'il serait là le soir… Il lui répondit qu'il coucherait à Holguin pour être au premier avion le lendemain matin, à destination de La Havane.

Son poing, sur la porte de bois peinte en verte, avait frappé si fort que le chambranle entouré de ciment s'était désagrégé sur le seuil.

Quand Josepha ouvrit, elle fut stupéfaite de le voir encore là devant elle, alors qu'ils venaient à peine de se séparer. Pierre avait en effet quitté Guardalavaca à bord d'un taxi, et le temps qu'il avait mis, d'une part, pour prévenir Émilia, d'autre part, pour faire la route en sens inverse, lui avait pris tout au plus trois heures.

Elle hésita, puis s'effaça pour le laisser rentrer, elle avait passé un déshabillé qui lui arrivait à mi-cuisses, et en dehors de son uniforme, Pierre aurait pu penser qu'il s'agissait d'une autre personne, plus rien ne lui ressemblait, de petites mules dorées recouvraient ses pieds, et ses bras entourés de voilages roses semblaient un peu trembler.

Le couloir de la maison n'avait pas été repeint depuis longtemps, un chat se prélassait dans un vieux panier autour duquel d'autres plus petits jouaient, la pièce principale se composait d'une table et de quatre chaises de skaï ayant bien servi, au plafond, un ventilateur tournait au bout de sa tige métallique, semblant à chaque tour vouloir se décrocher, une petite vitrine murale faisait face à un divan de tissu bleuâtre sur lequel les chats faisaient leurs griffes, derrière une porte entrouverte, un lit non refait, étant celui de Josepha. Sur le côté, un bruit de cocotte venant de la cuisine indiquait qu'elle faisait son repas, enfin, sur la table basse, une bouteille de rhum ouverte, sans verre à proximité, invitait à y goûter. Les murs étaient lisses, avec sur l'un d'eux un portrait du Che dans sa plus grande époque.

Quand il eut fini de faire le tour de l'appartement, il la regarda, elle était belle à faire craquer le plus pitoyable des hommes, son corps aux formes nerveuses semblait se lover dans son modeste vêtement comme s'il était venu y rechercher un peu de chaleur.

La température était supérieure à celle de son village, Holguin était plus encaissé, loin de la mer, les murs chauffés par le soleil le retransmettaient aux autres murs voisins, et ainsi de suite, bref, il faisait très chaud chez elle. Une main sur son décolleté, une autre sur le bas de sa nuisette, elle ne savait pas comment lui apparaître. Les yeux de Pierre étaient partout à la fois, semblant fouiller le moindre recoin, le moindre interstice laissé à sa merci.

Il lui demanda l'autorisation de s'asseoir, prit un chat sur ses genoux et expliqua qu'il voulait passer la nuit chez elle pour reprendre l'avion le lendemain, elle soupira, lui dit que c'était d'accord, qu'elle lui avait proposé et qu'il pourrait coucher là où il était assis, mais que pour le repas, il n'y avait rien qu'une tranche de bœuf accompagnée de haricots noirs, plus du rhum et deux ou trois cigares qu'ils pourraient partager. Elle alla chercher deux verres dans la petite armoire, les déposa près de la bouteille. Dans son geste, elle ne fit pas attention à une glace qui se trouvait au sol, renvoyant à Pierre l'image de son postérieur. Il était beau comme un coucher de soleil, nature, demandant grâce à celui qui pourrait un jour lui donner la jouissance, l'ultime caresse à sa chair en attente.

Quand elle s'en aperçut, il était trop tard, la main qu'elle avait portée derrière elle ne suffisait plus à effacer la beauté de sa nudité, sa peau café au lait s'auréola de rose, ses yeux s'abaissèrent vers le sol, gênée d'avoir été ainsi trahie. Il rit en servant le rhum dans les deux verres, ayant plaisir à voir qu'il ne lui était pas indifférent, mais savait qu'elle s'interdisait toute relation ou toutes paroles pouvant être contradictoires à ses pensées. Tapotant le divan, il lui fit signe de venir s'asseoir. Il n'avait pas de besoin, il n'éprouvait pas d'envie, son cœur étant trop alourdi par l'absence de Catalina, mais pensait que ça pouvait être un remède efficace à sa rancœur. Elle repoussa le chat qui se mit à miauler et s'assit, ses cuisses brillaient d'une transpiration naturelle, ses mollets aux muscles saillants affinaient un pied cambré qui avait l'habitude de chausser de hauts talons. Il lui demanda l'autorisation de faire sauter sa chemise, de mettre la table pour le repas, son torse bronzé paraissait blanc à côté de la couleur de sa peau, elle restait assise à le regarder, et ses yeux en amandes ressemblaient à ceux d'une femme devant un étalage de lingerie.

Il demanda où se trouvaient les assiettes ; n'obtenant pas de réponse, il revint au salon où il n'y avait plus personne, la porte de la chambre avait été tirée, seul le chat sur le divan jouait avec un ruban.

Elle lui cria d'éteindre le feu dans la cuisine sous la casserole et d'amener les verres. Muni de ce qu'elle lui avait demandé, il poussa la porte, elle était au lit, cachée sous le drap, sa tête dépassait, le regardant de ses grands yeux intimidés. La stature imposante de Pierre fit craquer le lit au moment où il s'assit. Il déposa sur une tablette ce qui lui devenait encombrant et vit, posé sur une chaise, son bel uniforme. Faisant glisser son pantalon sur ses lourdes jambes fortement charpentées, il fut en un clin d'œil contre le corps de sa logeuse.

Ses grandes mains la saisirent aux hanches lorsqu'elle ferma les yeux, laissant sa bouche atteindre son objectif, tandis qu'elle lui faisait deviner dans un profond soupir le bien qu'elle attendait de lui. Il n'avait pas tellement l'esprit à ça, mais le corps a ses secrets que le cœur n'est pas toujours en droit d'admettre. Ils s'entrelacèrent pour le bien de l'autre, s'accordant les bienfaits dont les âmes ont besoin lorsqu'elles se sentent perdues, lorsqu'elles se sentent blessées.

Puis ils passèrent à table quand la nuit, par la fenêtre, leur fit signe de se lever. Chacun d'eux avait apaisé en lui le remords d'avoir manqué sa vie, et Pierre, le besoin de se sentir encore aimé, la haine vive accrochée comme une véritable plaie à ses flancs lacérés.

« La Havane, terre promise… ! terre de combats… ! pensait-il. Il y passerait le temps qu'il faudrait, mais il la retrouverait… ! »

L'avion atterri, assis sur le dernier siège, il attendait son tour pour pouvoir descendre, Josepha tira la porte derrière le dernier client pour s'engouffrer dans ses bras, son baiser fut de courte durée, dérangé par la poussée de la porte de la cabine du commandant de bord qui demandait à sortir. Un peu gênés, ils se prirent la main et se promirent de se téléphoner. Pierre était de nouveau sur le tarmac à la recherche, non de lui-même, mais cette fois de l'ombre de son passé. Il se précipita dans un taxi qui le mena en ville, celle-ci commençait à s'animer, les musiciens accordaient leurs instruments fatigués par la trop longue nuit de la veille. Il s'assit à la terrasse d'un bar très en vogue sur la place d'Armes, devant un petit square avec des bancs pour les mères et leurs enfants.

Il commanda un café, regardant les gens pressés se rendre à leur travail, les voitures au repos attendaient que l'une d'elle montre l'exemple pour s'ébranler dans les vieux quartiers de la ville, les vélos lancés à grands coups de pédaliers dévalaient les rues sans crier gare, slalomant parmi un peuple qui semblait libre d'aller et venir, les échoppes ouvraient leurs rideaux, présentant ce qu'elles avaient de mieux pour les touristes qui affluaient, les hôtels en étaient pleins, les langues les plus variées essayaient de se comprendre dans une connotation espagnole pour certains, et aux accents canadiens pour d'autres.

Autour de lui, la terrasse se remplissait, tous buvaient le café avant d'attaquer la journée. Il vit arriver Vargas, trop tard pour lui échapper, suivi d'un homme qu'il ne connaissait pas.

Vargas avait comme un radar au-dessus de lui, il fit un crochet sur le trottoir, bousculant quelques passants et vint jusqu'à sa table, le sourire aux lèvres.

- Monsieur Malaquin, quel plaisir ! Je vous avais vu de loin, mais je n'étais pas sûr, mes yeux commencent à me trahir… ! Vous n'êtes pas reparti en France ? Je vous présente mon secrétaire… Je vous offre un café ?

- Non, c'est moi ! fit Pierre, ennuyé par cette rencontre.

- Vous ne voulez pas repartir en France à ce que je vois ?

- Bientôt… mais je profite encore un peu du pays !

- Et Catalina, elle est restée avec sa mère ? À propos, j'ai mon adjoint qui enquête à Guardalavaca sur la mort de votre ami… Elle n'est pas venue avec vous ?

Son secrétaire, d'une trentaine d'années, avait un air pincé sous ses lunettes d'écaille anciennes et ses petits yeux scrutaient toutes les femmes qui passaient.

- Non, elle est restée… je veux dire… qu'elle tient compagnie à sa mère… c'est mieux comme ça !

Le garçon arrivait pour prendre la commande, il lui commanda trois cafés.

La foule augmentait au fur et à mesure que l'heure avançait, et Vargas suggéra à son secrétaire de se retirer, qu'il le rejoindrait, le temps de bavarder encore un peu. Poliment, il se leva, salua Pierre et se mêla à la foule, commençant à ralentir son allure avec la chaleur qui s'intensifiait.

- Je ne vous comprends pas, lui dit Vargas, le pays peut se prendre comme l'on prend une femme, mais quant à lui rester fidèle, pour celui qui n'y est pas né… c'est à peine croyable, non… ? Vous ne trouvez pas ?

- N'oubliez pas que j'ai deux femmes à présent… ! Le pays et Catalina, répondit Pierre un peu agacé par la question. Tout comme vous ! Alors, il n'y a rien à essayer de comprendre !

- J'espère que vous ne voulez pas vous mêler de l'assassinat de Miguel… Ici, les francs-tireurs sont punis et expulsés, pensez à Catalina… !

- Si j'avais besoin de vous, vous seriez le premier informé ! rétorqua Pierre.

- C'est très sage de votre part, mais je sens en vous une autre personnalité qui n'est pas comparable à ma première impression… c'est bizarre… je ne me l'explique pas encore ! Allez, je dois y aller, des tonnes de courriers m'attendent !

Ils se levèrent et chacun d'eux prit un chemin différent. Pierre ayant repéré le portier du club où il était allé l'autre soir le suivit, n'ayant pas de mal à se confondre avec la foule. L'homme rentra dans un commerce, puis ressortit, un cigare allumé à la bouche, la casquette sur le côté, il allait assez vite pour quelqu'un du pays. Il rentra dans une petite rue sombre encombrée de poubelles vides qui attendaient qu'on les remplisse et de petits escaliers accédant à des logements ne devant pas être réjouissants. Il hâta le pas, la rue était en impasse, entendant venir quelqu'un, il se retourna, surpris d'avoir Pierre en face de lui.

Il l'empoigna par la veste, le colla contre le mur et lui demanda ce qu'était devenue la dame qui l'accompagnait au club l'autre nuit.

L'autre, ne comprenant rien, essaya de se dégager et reçut une gifle magistrale qui écrasa le cigare sur le coin de sa bouche, Pierre reposa sa question, l'homme criait : « No se ! no se ! »

Alors il lui expliqua en espagnol qu'il fallait qu'il prévienne ceux qui avaient fait ça, qu'il arrivait, qu'il réglerait tout sans la police et avant de le redéposer au sol, lui remit une gifle qui le repositionna. L'homme semblait affolé, les yeux exorbités, il regardait Pierre comme s'il venait d'assister à la pire des tragédies et se sauva en sens inverse sans même regarder derrière lui.

« Maintenant, pensa-t-il, je vais aller rendre visite à Manuel. »

Il avisa une rangée de taxis qui se trouvaient en face d'un bâtiment administratif et demanda au premier chauffeur après Manuel. Celui-ci, surpris par la question, lui désigna un taxi garé en quatrième position. C'était une Chevrolet crème, vide, Pierre revint au premier pour lui demander où il se trouvait, il lui montra un homme assis à la terrasse d'un café. C'était un vieux monsieur, les tempes grisonnantes, la moustache en bataille, les cheveux embroussaillés. Ce n'était pas le Manuel qu'il cherchait. Il lui reposa sa question, l'autre lui répondit qu'il ne savait pas. Alors, il fit toute la rangée de taxis avec la même question, obtenant à chaque fois une réponse négative, puis il alla questionner Escobar, espérant ne pas croiser Vargas.

Quand il rentra dans l'immeuble, le couloir sentait toujours aussi mauvais, le soldat qui le précédait tapait ses pieds aux bottines cloutées sur les dalles de pierre, avertissant de son arrivée, s'arrêta devant une porte et frappa. Quelqu'un cria d'entrer. Escobar était à son bureau, mâchonnant son cigare, accompagné d'une secrétaire à l'air visiblement gêné. Quand il le vit, la fatigue se lut sur son visage, il renvoya sa secrétaire et le fit asseoir. Sans précipitation, Pierre expliqua qu'il recherchait un contact avec Manuel pour lui proposer quelques affaires dans l'hôtellerie, mais ne savait pas où le trouver. Escobar, perplexe, recracha sa fumée vers le ventilateur qui n'aspirait rien, et daigna enfin ouvrir la bouche.

- Vous êtes si riche, monsieur Malaquin ? Comme tous les gens qui possèdent de l'argent, vous voulez en perdre ? Manuel est un bon gestionnaire, mais un mauvais perdant… ! Réfléchissez avant toute entreprise… Je vous croyais reparti… ? ! Il griffonna un numéro de téléphone sur un bout de papier et lui tendit : dites-lui que c'est moi qui vous l'aie donné… et faites attention à ce que vous entreprenez… Au fait, nous avons du nouveau concernant le meurtre de votre ami ! Nous sommes sur une piste… il s'agirait peut-être d'un compatriote à vous… établi depuis très longtemps dans le pays… nous ne le trouvons pas, mais d'après les derniers renseignements, il serait encore à Cuba ! Voilà, je ne peux rien vous dire de plus… ! Ici, les choses ne sont pas rapides, mais pour la plupart d'entre elles, elles aboutissent toujours tôt ou tard… ! Restez vigilant… !

Il remercia, prit congé de lui, ayant pour la première fois entendu le son de sa voix. Une fois ressorti, il demanda où se trouvaient les cabines téléphoniques. Des photographes installés avec leurs appareils anciens, sur de larges trottoirs autour de la place, dissimulés sous une bâche, prenaient en photos les touristes contents, à proximité des voitures anciennes, leurs appareils perchés sur des trépieds en bois qui tenaient à peine, rafistolés avec de vieux bouts de ferraille ou de carton, ne ressemblaient plus à des appareils photos, mais faisaient des images admirables que les commerçants exposaient. Pierre s'arrêta devant l'étalage de l'un d'eux, pensant qu'il avait peut-être été photographié les premiers jours de son arrivée. Une vingtaine de photos collées sur un contre-plaqué avaient jauni sous le soleil et certaines dataient de plusieurs années. Piquées, ou rongées, entourées de larges marges blanches comme autrefois, elles ressemblaient à ce pays que le temps avait réussi à figer. Les couples au garde-à-vous posaient devant une voiture ou en compagnie d'une vieille cubaine fumant un cohiba numéro deux. Le photographe, pour quelques dollars, lui proposa ses services. Pierre en profita pour lui demander où se trouvaient les cabines.

Elles étaient à proximité. Il y avait la queue. Les clients tiraient un ticket au distributeur et pouvaient entrer ensuite dans une des douze cabines du bâtiment. Il avait le numéro trente-six, il suivit la file, lorsque tiré par la manche, il se trouva face à la secrétaire du consulat français.

- Suivez-moi, si vous voulez téléphoner, vous le ferez plus rapidement en ma compagnie… ! dit-elle.

Il lui emboîta le pas, pénétrant dans l'établissement, doublant tout le monde jusqu'au guichet où elle le présenta.

- Voilà ! dit-elle, c'est plus pratique ! À bientôt !

Pierre, dans la cabine, n'avait plus qu'à contacter Manuel en se recommandant d'Escobar.

Il lui donna rendez-vous le soir sur la même place dans le square. En très peu de temps, il lui fit connaître ses intentions, lui révélant sa richesse et sa décision de vouloir placer une partie de cet argent dans des hôtels ou quelques sociétés de transport demandant à être rénovés, moyennant un pourcentage conséquent sur les bénéfices. Manuel, sur le coup de la surprise, lui répondit qu'il était d'accord… que c'était à discuter… qu'il croyait qu'il était reparti en France… mais qu'il était éventuellement le bienvenu dans une affaire commerciale commune. Pierre raccrocha, cédant sa place aux suivants qui n'avaient rien dit sur son passe-droit.

Il se dirigea vers le Malécon derrière lequel le soleil montait, illuminant les façades superbes des immeubles bourgeois, le club était au bout. Il héla une sorte de pousse-pousse. Le club étant fermé, il alla s'asseoir sur les rochers face à l'établissement, espérant y voir venir une personne qui lui deviendrait utile, sur le rocher tout plat, là où il avait failli défaillir, l'eau venait s'engouffrer par une multitude de trous produisant des sons qui lui revenaient en tête.

Il revoyait sa jeunesse, ses dimanches passés à Berck sur les plages du Nord, accompagné de son grand-père dont l'imposante carrure l'impressionnait beaucoup. Avec sa pelle et son seau, ils construisaient des châteaux de sable extraordinaires. Quand ils les avaient terminés, la marée venait les recouvrir et Pierre pleurait les œuvres qu'ils avaient eu tant de mal à réaliser ; alors, son grand-père le prenait par la main et lui achetait des glaces à la pâtisserie voisine.

Son grand-père avait été architecte, diamantaire, banquier, chercheur d'émeraudes en Colombie, acheteur de biens immobiliers, navigateur, courtier en œuvre d'art... la liste exhaustive n'était peut-être pas dans le bon ordre, mais il avait été tout ça ! Et puis la maladie eut raison de sa folie. Il mourut à l'âge de soixante ans, parcourant la planète depuis l'âge de vingt ans. Pierre avait alors quatorze ans.

Son grand-père avait connu des femmes de toutes conditions... des meilleures comme des pires... lui présentant souvent un nouveau visage en lui demandant son avis : « Elle s'appelle Sylvie... tu vois, elle est très gentille... tu peux lui demander ce que tu voudras... comment la trouves-tu ? » Les femmes répondaient toutes la même phrase : « Bonjour mon petit, tu me fais le bisou ? qu'il est mignon ! » Et elles disparaissaient, cédant leur place à une autre et ainsi de suite, ou le plus souvent, c'est lui qui disparaissait. Mais chaque année, à l'époque des grandes vacances, il venait l'enlever de ce pensionnat immense dans lequel il croupissait depuis l'âge de dix ans, lui faisant vivre une autre vie et découvrir les mille et une facette d'un monde en ce temps-là encore inconnu de lui.

Il plongea ses pieds dans l'eau qui était chaude et repensa à son dernier bain en compagnie de Catalina... Il revoyait aussi ses copains, tous ces garçons punis pour le même motif... indisciplinés dans les autres collèges... les parents les avaient entassés dans cette pension, n'ayant plus le courage de faire face à leur éducation ou à leur instruction... Il y avait René, le plus crétin de sa classe... Louis, le plus violent... !

Une voiture s'arrêta et deux personnes en descendirent. Il remit ses savates, grimpa sur le rocher, vit la porte du club se refermer, la voiture repartir. Il enjamba le mur et se retrouva dans l'avenue face au club. Il tambourina et essaya d'ouvrir ; la porte n'était pas fermée, il entra. Il entendit des voix dans le troisième étage. Dans la piscine, il y avait deux hommes en train de nager, les vêtements posés sur le rebord.

Il se déshabilla à son tour, tandis que les deux hommes lui criaient que c'était fermé, et plongea sans se préoccuper d'eux. Après quelques brasses, l'un des deux qui était remonté pour se rhabiller, lui demanda violemment de sortir. Pierre se dirigea en nageant vers celui qu'il avait à sa portée, sa grosse main vint s'abattre sur sa tête, l'obligeant à accélérer son mouvement pour ne pas couler, celui qui était sur le bord lâcha ses vêtements pour se porter au secours de son ami, Pierre l'empoigna et lui demanda où se trouvait la femme avec qui il était... qui l'avait enlevé... pour qui ils travaillaient... ? À chaque réponse idiote, ils recevaient une gifle donnant à l'eau verte un autre reflet, il aida le premier à remonter les marches, le prit par le cou, l'obligeant à se courber en avant, le poussant d'un violent coup de pied contre une colonne en ciment, l'homme s'y écrasa la tête et s'écroula sur le ventre, glissant comme une savonnette mouillée, puis il s'occupa de l'autre qui tentait de s'enfuir par la montée d'escalier. Sautant de la plus haute marche, il s'affala sur le palier, rejoint par Pierre qui, n'ayant aucune prise sur lui, attrapa l'individu par le bas de son sexe en lui reposant la même question.

L'homme hurlait de douleur, n'osant plus bouger. Pierre ne relâchait pas sa pression, attendant sa réponse.

- C'est sûrement Pedro ! haletait le pauvre homme... Pedro... ! hurlait-il.

Pierre ne relâchait pas son étreinte, sentant la chair chaude s'écraser entre ses doigts.

- Qui est Pedro ? Où est-il ? redemanda-t-il.

Des gémissements venant de la piscine attirèrent son attention. Son comparse avec le nez cassé lavait avec soin le sang dont il était recouvert.

- Habillez-vous ! Nous allons aller le voir, ce Pedro ! fit Pierre.

- Nous ne savons pas où le trouver ! répondirent-ils en chœur.

La réponse de Pierre fut immédiate. N'ayant pas lâché le bras du second, il le poussa dans l'eau. Puis, avec le pied, il lui enfonça la tête sous la surface, devant le regard horrifié de celui qui avait le nez cassé.

De grosses bulles montaient, mélangées au sang, et ses mouvements désordonnés indiquaient qu'il se noyait.

- Je sais où il est ! criait le type qui était au bord.

Pierre retira son pied, l'aidant à remonter.

- On y va ! lança Pierre, le premier qui fait l'imbécile n'aura plus l'occasion de le refaire, ok ?

Il appela un taxi, à sa montre, il était quatorze heures. Ils montèrent à deux à l'arrière, l'autre à l'avant pour indiquer la route.

La voiture prit au nord de La Havane, sortit de la ville et se dirigea vers Vedado, le chauffeur jetait des petits coups d'œil inquiets dans son rétroviseur, regardant l'un des hommes s'essuyer le sang qui continuait à couler.

Ils ne disaient rien. La route défilait, chaotique et sans surprise, soulevant une poussière épaisse.

- Il y en a encore pour longtemps ? demanda Pierre.

- On est bientôt arrivé, répondit celui qui avait failli se noyer, mais il ne sera peut-être pas chez lui.

Il fit prendre à la voiture un chemin non balisé, où les palmes des jeunes plants venaient griffer les portières, et la broussaille épaisse semblait interminable, Pierre, à chaque virage, se croyait arrivé, puis l'homme avec le nez en bouillie demanda au chauffeur de stopper.

- Il vaut mieux s'arrêter ici… et continuer à pied.

- D'accord ! Je vous dois combien ? demanda Pierre au taxi.

- Deux pesos.

- En voilà six, attendez-nous, nous revenons avec vous.

Tout en marchant, il leur demanda ce que faisait Pedro.

- Des affaires, répondirent-ils de nouveau ensemble.

Il les poussait devant lui, leur faisant presser le pas comme un berger le fait avec son troupeau.

La campagne était grandiose, des vallées d'un vert éclatant s'exprimaient en de petites montagnes couvertes de plants de tabac à perte de vue. Sur le côté gauche du sentier, un autre sentier disparaissait dans la végétation, les deux hommes ralentirent leur allure. Pierre remarqua un hangar abritant une grosse cylindrée, la maison n'était pas grande, bordée d'une grille mal fermée devant laquelle un homme faisait les cent pas un cigare à la main, s'arrêtant lorsqu'il les vit arriver. Dans sa main droite, il rangea son cigare et de la gauche, sortit un revolver de gros calibre.

- On vient voir Pedro ! fit vivement « un des otages ».

- Oui, on voudrait le voir ! insista l'autre.

L'homme armé hésita, puis les ayant dévisagés, leur dit qu'il ne les connaissait pas… qu'ils ne devaient pas bouger, qu'il allait se renseigner.

- Une seconde ! cria Pierre, je peux vous parler ?

L'homme s'arrêta net, revenant sur ses pas.

- Vous connaissez Manuel ? Je viens de sa part ! fit-il.

Devant un tel aplomb, son arme s'abaissa légèrement, le temps pour lui d'envoyer son pied sur son poignet avec une telle violence que ses os de fumeur de cigares craquèrent et que l'arme, avant de tomber à terre, fit une parabole au-dessus de sa tête grimaçante de douleur, son poing l'atteignit à la pointe du menton, et la salive de l'individu eut un puissant jet dans sa direction, mouillant la manche de sa chemise.

Pierre avait déjà mis l'arme en sûreté. L'homme, un peu estourbi mais costaud, s'était redressé, tamponnant avec son mouchoir sa lèvre ouverte.

Il les tenait tous les trois au bout de son canon. Il y en avait un de trop.

- Tourne-toi ! dit-il à l'homme qu'il venait d'abîmer.

L'homme obéit et Pierre l'assomma avec la crosse de son revolver. Foudroyé, il s'écroula.

- Allez, en avant, vous autres ! fit-il aux deux qui restaient.

La porte de la maison était ouverte, apparemment personne ne devait y venir souvent, devant lui, les deux hommes avançaient à petits pas, rasant les murs pourris de crasse, se regardant de temps en temps avec inquiétude. Celui qui avait le nez cassé criait en nasillant :

- Pedro, c'est nous... c'est José ! On vient avec le Français !

Il poussa une porte, la pièce était vide. Un canapé crevé tenait compagnie à une table recouverte de boîtes diverses, de bocaux emplis d'une substance blanchâtre, d'un réchaud à alcool et de quelques seringues. Dans un coin, un lit recouvert d'une paillasse noirâtre moisissait dans l'inconfort total. Sur une table, un cigare dans une boîte fumait encore.

- On monte ! fit Pierre.

Les deux hommes prirent l'escalier en faïence bleue dont les carreaux disjoints sautaient sous chacun de leur pas. La rampe en fer rouillé tournait avec désinvolture sur le premier palier, ne divulguant pas ce qu'il y avait après.

- Pedro ! c'est nous ! reprit l'homme, ne tire pas ! c'est José !

Au même moment, le moteur d'une voiture puissante démarra, accélérant à fond ses vingt-huit chevaux. Pierre dévala les marches, se précipita dans la cour et eut juste le temps de la voir disparaître derrière des buissons touffus, tandis que l'homme qu'il avait assommé reprenait ses esprits.

Pierre courut en direction du taxi qu'ils avaient laissé un peu plus loin, pensant qu'avec un peu de chance, ils pourraient le rattraper. Lorsqu'il arriva, le chauffeur était affalé inanimé sur son volant et les quatre roues étaient crevées.

Il marcha longtemps avant de retrouver une route plus fréquentée, des camions passaient, chargés de feuilles de tabac, ainsi que des taxis complètement bondés, un camion moins rapide que les autres, en haut de la crête, ralentit sa vitesse au point de venir presque s'arrêter à sa hauteur. Celui-ci sauta sur le marchepied en saluant le chauffeur, lui dit qu'il se rendait à La Havane, en lui remettant quelques pesos. C'était un camion fonctionnant encore avec une chaudière, la sortie de son pot d'échappement arrivait à la hauteur de sa tête, l'environnant d'une fumée épaisse, l'empêchant de respirer normalement, la cabine était pleine d'ouvriers agricoles, il se contenta de sa position inconfortable, espérant que la vitesse du véhicule dans les descentes vienne mette un terme à sa torture.

Le camion le descendit place d'Armes. Il avait le temps de prendre un verre avant de se rendre au square. Son revolver glissé sous sa chemise dans la ceinture de son pantalon lui faisait une excroissance facilement repérable. Un bras le long du corps pour dissimuler l'engin, il s'assit à la terrasse de manière à voir l'entrée.

Quand ce fut l'heure, il se dirigea lentement vers le jardin d'enfants. Ceux-ci avaient quitté les lieux avec leurs mères pour le repas du soir, quelques couples enlacés écoutaient des salsas sur les petites radios locales, des chiens errants reniflaient le sol espérant y trouver un bout de pain, une friandise qu'un enfant pouvait avoir laissé tomber.

Un banc abrité d'une tonnelle contre les indiscrétions était occupé par un homme. C'était Manuel. Pierre lui tendit la main, les retrouvailles semblaient amicales.

- Alors, quelles sont tes préoccupations ? Mais d'abord, tu disposes de combien ?

Il parlait très vite, Pierre avait du mal à le suivre, il le lui fit comprendre et l'autre recommença.

- De beaucoup plus que tu ne pourrais en gagner dans toute une vie ! fit Pierre. Il l'avait tutoyé pour répondre sur le même ton, puis il continua : mais avant, je t'ai fait venir pour te proposer un marché… ! L'autre l'écoutait, le front plissé par les soucis… Si tu me dis où je peux retrouver Catalina, je te donnerai beaucoup d'argent, et surtout qui l'a fait enlever ! J'espère que ce n'est pas toi ?

Manuel s'était levé du banc, rendu nerveux par ses questions idiotes qui ne correspondaient pas à ses espérances. Pierre lui montra l'arme en dessous de sa chemise et lui ordonna de s'asseoir.

- Tu es devenu fou ! Tu crois que je suis seul ici ?! Des menaces… j'en ai connu des centaines…

Il n'eut pas le temps de finir sa phrase, Pierre l'avait empoigné par le dessous du bas-ventre, un peu obnubilé par cet endroit fragile et pressait avec conviction, tandis que l'autre se tortillait en crachant de douleur.

- Je voudrais rajouter ceci, Manuel, au cas où tes efforts resteraient vains pour te souvenir de ce que je te demande… je te les arracherai et je te les ferai manger… ! et si tu ne me crois pas, je vais te donner un petit exemple…

À travers son pantalon, il n'en prit qu'une qu'il tira violemment vers le haut comme s'il voulait le soulever uniquement par cet attribut, Manuel hurlait, attirant les chiens du voisinage, Pierre lui mit son mouchoir dans la bouche pour atténuer ses cris.

Manuel transpirait, n'osant pas faire le moindre geste de peur que Pierre ne la lui arrache. Enlevant le mouchoir et desserrant sa main, il attendit que l'autre reprenne ses esprits, ses lèvres étaient devenues violettes, son nez s'était pincé, sa grande carcasse avait tremblé devant cet homme décidé à tout pour retrouver une femme. Pierre attendait la réponse. Face à lui, Manuel devait lever les yeux, des yeux larmoyants de douleur, implorant presque sa pitié.

- Je ne sais pas ! répondit-il.

Sa main s'abattit instantanément sur son visage, le faisant plier comme un roseau dans le vent, puis une autre gifle vint le cueillir de face, écrasant son nez comme une grenade trop mûre. L'homme couvrit son visage couvert de sang avec ses deux mains.

- On continue ? demanda Pierre.

Manuel l'insultait, crachant sur lui sa salive mélangée au sang qui abondait dans sa bouche, pour deux dents qu'il venait de perdre. Aux alentours, les couples étaient dans leurs rêves et la musique donnait à cet interrogatoire une allure de ballet parfaitement orchestré. Pierre saisit son arme par le canon et frappa la crosse d'un coup sec sur un de ses genoux, faisant éclater la rotule, la main posée sur sa bouche pâteuse de sang caillé. Manuel était plié, fatigué, souffrant le martyre, ses vêtements lui collaient à la peau, la jambe de son pantalon s'humidifiait à présent du sang de son genou qu'il ne parvenait plus à plier.

- Je vais te reposer les mêmes questions, Manuel... Si tu ne parviens pas à te souvenir, cette fois, je vais te tuer !

Manuel comprenait que la détermination de ce fou était réelle, il serait temps pour lui de voir après... Haletant, pantelant, crachant, demandant grâce à son tortionnaire, il commença à parler.

- C'est Pedro... il se fait appeler comme ça... il n'est pas de chez nous... il vient de France... il est à Cuba depuis vingt ans, il a pris tout le business sous sa coupe, tout lui appartient... il partage... tu comprends, on le ménage... il est aussi fou que toi, s'il apprend que je l'ai dénoncé, il me tuera... ! toi aussi, il te tuera... moi, à côté, je ne suis rien... laisse-moi, maintenant !

- Où je peux le trouver ?

- La nuit, dans le bar Hatuey, il y va tous les samedis pour se faire payer…

Le square s'assombrissait, les gens arrivaient plus nombreux, il était temps pour Pierre de disparaître.

- Une dernière chose, Manuel… dis-lui que je veux le voir ! tu veux que j'appelle une ambulance… ?

L'homme essaya de se redresser mais retomba aussitôt, sa jambe n'arrivant plus à le supporter.

- Plutôt un taxi ! répondit -il en grimaçant.

Pierre sortit du square, fit signe à un taxi de s'arrêter, dit au chauffeur qu'un vieil homme paralysé l'attendait sur un banc au bout de l'allée.

Le bar Hatuey était une sorte de cave transformée en boîte à bonbons dans laquelle des femmes légèrement vêtues s'essayaient aux trapèzes et aux agrès de toutes sortes. Leurs corps délicieusement huilés resplendissaient de sensualité alliée à l'ingéniosité de leurs mouvements sous les projecteurs violents. Sur une estrade arrondie, une seule parvenait à fasciner la clientèle, réussissant à l'aide de son vagin à fumer un cigare, les autres se démenaient sous les bravos répétés des buveurs attablés.

Devant un comptoir, dans l'obscurité, des hommes sur de hauts tabourets discutaient, essayant de dominer la musique qui avait été mise à fond, trois serveuses de couleur noire arpentaient les allées avec leurs plateaux chargés de boissons, habillées d'un tablier blanc, entièrement nues dessous. Des hommes énormes, carrés, à moitié endormis, surveillaient leurs protégées.

Il se fraya un passage jusqu'au comptoir, ayant attendu trois jours ce fameux samedi. Entre-temps, il avait dormi, couru de bar en bar la nuit et son exaspération n'avait d'égale que l'excitation qu'il ressentait aujourd'hui. Deux hommes derrière le comptoir faisaient les cocktails, et deux femmes servaient et encaissaient. L'une d'elles lui demanda ce qu'il voulait et lui servit un daiquiri. Sur une feuille de papier, il inscrivit en gros caractères le nom de Pedro avec au bout un grand point d'interrogation, fit passer le papier à l'un des employés qui s'arrêta de servir et disparut dans les coulisses par une porte grillagée.

Il y avait une trentaine de tables éclairées par des bougies, occupées par des indigènes ou des gens de passage, le rhum mélangé à la bière coulait à flot, la clientèle constituée majoritairement d'hommes, enfumait les lieux, constituant un obstacle pour voir ce qui se passait sur scène. Trois grands ventilateurs ne parvenaient pas à dissoudre ce brouillard épais, Pierre recommanda un verre. Un barbu d'une quarantaine d'années vint vers lui, entouré de molosses tels que Pierre en avait déjà vu dans des films…

... Dans son pensionnat, ils avaient deux heures de cinéma par semaine… il se souvenait des débats, étant obligé d'y assister, de décortiquer les passages. Au fond de la salle, ses copains et lui préféraient chahuter, son ami René envoyait des boulettes, Louis, son autre copain, pinçait ceux qu'il avait en face de lui, et lui, martyrisait Marcel qui ne comprenait que les coups, trop imbécile pour recevoir un quelconque enseignement. Pierre se souvenait qu'il était beau, que son charme opérait beaucoup sur les filles de l'autre pensionnat à quelques pas du leur… malgré sa bêtise, il plaisait. Jaloux, Pierre imitait sa démarche, ses réactions vives, ses propos salaces, ses idées farfelues, alliant brutalité et générosité… jouant ensemble à la fois la provocation et la compétitivité…

Plongé dans ses pensées un peu embuées par ses deux verres de rhum, il fit répéter au barbu ce qu'il venait de dire.

- Je vous dis de nous suivre, répéta celui-ci sèchement.

Il suivit les trois hommes qui repassaient la porte grillagée, se retrouvant devant une cage d'escalier plutôt sinistre, dans laquelle de l'eau sale provenant d'un égout probablement bouché, s'écoulait en longues traînées malodorantes.

Un des gorilles ouvrit une porte au barbu en s'effaçant devant lui. Il était habillé mieux que les autres, mince, son corps semblait avoir été conçu pour un costume fait sur mesures. Le bureau rutilait d'or et de lumière, des tableaux accrochés aux murs rappelaient à Pierre des souvenirs pas si lointains, des baguettes d'encens apportaient une note de fraîcheur, une odeur de lieu saint, et les fauteuils couverts de tissu rouge, un aspect de richesse pas à la hauteur de l'endroit.

L'homme à la barbe bien taillée s'assit à son bureau, ses petits yeux suivaient le moindre geste de Pierre, semblant vouloir détecter la plus petite de ses pensées, ses lèvres parfaitement soudées n'exprimaient aucune parole. Le moment était grandiose, réservé à l'observation. Il sentait sous son bras l'arme le blesser un peu, espérant ne pas avoir à s'en servir trop rapidement. L'homme barbu le fit asseoir dans un de ces fauteuils d'apparat et lui tendit un verre empli d'un liquide jaunâtre.

- Vous aimez le cognac? lui demanda-t-il, ça change du rhum… toujours le rhum!

Pierre le prit, tournant un peu la tête, il vit que les deux gorilles encadraient la porte de sortie.

- Bien, fit le barbu, maintenant, parlons!

- À son accent un peu étrange, quoique parlant parfaitement l'espagnol, Pierre remarqua qu'il n'avait pas devant lui un véritable Cubain. La lampe sur son bureau éclairait des tas de papiers paraissant être des factures, ainsi que deux livres posés à l'envers. Ils étaient écrits en français. L'éloignement ne lui permettait pas de comprendre le titre de celui qui était au-dessus de l'autre, mais il lisait aisément le mot « fleurs ».

- C'est à toi de parler, je t'écoute!!

Coupé dans son observation, Pierre sursauta, surpris par ce tutoiement soudain. La voix du barbu ne lui était pas étrangère… elle était éraillée, prétentieuse, hautaine, à la limite de l'agacement.

- Je suis venu chercher Catalina! fit Pierre en souriant.

L'homme s'esclaffa de rire, en répétant sa phrase.

- Je suis venu chercher Catalina ! Ha ! ha ! Ha !

Le barbu semblait parfaitement détendu, jouant la désinvolture devant le questionnement interne de son hôte.

- Je serais très heureux de faire durer cet entretien, mais le temps et les affaires ne me le permettent pas… si tu veux m'écouter, je vais te raconter une histoire…

Il venait de dire toute la phrase dans un français parfait, accentuant l'air ahuri de Pierre qui ne comprenait toujours pas.

... Il y a quelques années, souviens-toi… dans une ville perdue à l'ouest de Paris, dans un orphelinat, un enfant prénommé Marcel, rejeté par ses professeurs, rejeté par ses copains, mais aux prouesses amoureuses nombreuses, était battu, maltraité par un de ses copains, envieux et jaloux de ses réussites sentimentales… l'autre s'appelait Pierre… une rivalité violente s'établissait donc entre eux, occasionnant chez Marcel des blessures d'amour propre, ou physiques le plus souvent… Pierre était fort, ses coups faisaient mal à ceux qui les recevaient, il faisait naître la peur, établissant sa loi, obtenant par le chantage ce qu'il désirait. Marcel recevait régulièrement des raclées… Pierre ne le manquait jamais, détruisant auprès des filles par des vexations de toute sorte son prestige de séducteur… Cette rivalité dura trois longues années pendant lesquelles Marcel se sentit obligé de rester dans l'établissement.

Pierre écoutait, en revoyant parfaitement la scène, sa vie d'étudiant malheureux, ses exigences imbéciles auprès de ses camarades, et ce Marcel complètement balourd se pliant à toutes ses fantaisies, souffre-douleur de leurs jeux cruels, sans personnalité, disant toujours oui à tout, pour un oui, pour un non, craignant ses colères et ses représailles lorsqu'il était surpris en compagnie d'une fille superbe, pleurant dans son coin, avant de s'en confesser à son professeur… Pierre regardait Pedro autrement, sous sa barbe, il devinait une personnalité différente, des rides d'expression similaires à celles qu'il avait connues il y avait bien longtemps.

Commençant à comprendre et pour l'achever sûrement, il poussa les deux livres qui étaient devant lui. Pierre les prit, reconnaissant des romans qu'il avait étudiés au pensionnat. « Les fleurs du mal » et « Les caves du Vatican », Baudelaire lui avait servi de tremplin pour écrire des poèmes aux filles qu'il fréquentait, quant à Gide, il avait été la source d'une véritable bagarre avec Marcel, étant en désaccord sur les principes et les acquisitions religieuses. Ce jour-là, Pierre l'avait frappé, et c'est un pion qui, arrivé sur les lieux fort heureusement, avait mis fin à leur combat.

- C'est toi, Marcel ? fit-il de plus en plus surpris, qu'est-ce que tu fais ici… ? avec la barbe… mais pourquoi te faire appeler Pedro ?

Marcel jouait avec un crayon en le regardant s'embourber, dévisageant son ancien tortionnaire, se délectant devant son assurance soudainement disparue, savourant le moment fatal où l'autre lui reposerait sa question. Il souriait, et Pierre reconnaissait ce sourire imbécile qu'il avait en permanence dans les meilleurs moments, avant de se faire frapper.

- Où est-elle ? redemanda-t-il.

Le cynisme de Marcel était total, visiblement, il s'amusait beaucoup.

- Aaah ! Catalina, c'est une autre histoire ! fit-il en ricanant… Si tu savais comment je l'ai connue… bien avant que tu aies ton accident… ! et puis, j'ai appris qui tu étais… d'abord surpris comme tu peux l'être toi-même aujourd'hui avec moi devant toi… j'ai décidé d'attendre ton rétablissement… je connaissais Miguel qui travaillait un peu pour Manuel…

Il fit une pose et reprit :

- ... et ce pauvre Manuel, comme tu l'as massacré ! il ne peut plus marcher… il t'en veut, tu sais ? moi aussi, c'était un homme courageux…

Son crayon se cassa dans ses mains.

- ... Catalina, je l'ai connue alors qu'elle avait dix-huit ans, deux ans avant toi. Elle avait un faible pour Salvador et ne me regardait pas. Et puis, tu es arrivé, alors tout a changé... Miguel ayant toujours refusé de me la donner, fut puni... tu connais la suite ! Quant à mon prénom, c'est à toi que je le dois... Pedro ! Pierre... Pedro... !! Une volonté de me souvenir de toi à chaque fois qu'on m'appelle, tu comprends ? En fait, je ne t'ai jamais oublié, lié à toi, comme les deux doigts de cette main !

Pierre s'était croisé les bras, puis les jambes pour avoir une allure plus décontractée. Marcel exhibait ses mains décorées de bagues diverses. L'ambre voisinait avec le lapis-lazuli et une intaille de rubis.

Sous son bras gauche, Pierre sentait l'objet qui le gênait depuis un moment. Il l'avait sous la main et tirait doucement la crosse à lui.

- Finalement, fit-il, tu es aussi con qu'avant... ! Tu n'as pas changé... si, tu es devenu un salaud... ! le pire des salauds... !! ? Et la police là-dedans ? que fait-elle ?

- Vargas est de notre côté... ! Tu comprends... les liens... la France... ses études... ses épreuves... on a des souvenirs en commun... !

- Quelles épreuves ? s'étonna Pierre.

- Tu ne savais pas, il est pédé... ! Il s'en est aperçu avec sa première petite amie, ça n'allait pas... bref, elle s'en est vite aperçue, elle !

- Et Catalina ?

Marcel observa encore le silence au cours duquel Pierre obtenait ce qu'il voulait. Son arme était sortie de son logement, presque dans le creux de sa main.

- C'est une personnalité, cette fille ! fit à regret Marcel. Depuis une semaine, elle est enfermée, nourrie, blanchie, câlinée... ! Tu as eu peur, je l'ai vu... fit-il avec délectation, non…, pas câlinée… mais peut-être qu'avec la drogue, elle y arrivera… ! Elle a une beauté qui est rare dans ce pays… ! Elle pleure beaucoup et te réclame, si tu savais… !

- Et l'argent, Marcel, l'argent ! tu connais ça l'argent… je peux t'en donner encore beaucoup plus !! fit Pierre.

- Je sais ! coupa Marcel, comme à Manuel ? !

La discussion s'envenimait, Pierre sentait monter en lui l'adrénaline, qu'il aimait plus que tout.

- Toi, fit Marcel, tu vas finir tes jours ici, quant à ta copine, elle me gagnera l'argent que tu veux me donner… ! Au fait, le passé te revient un peu ? L'amnésie se guérit facilement, paraît-il ? !

Son sourire devenait grinçant, les gros arrières bras s'ébrouaient dans le dos de Pierre, comme des chevaux sentant l'orage. Marcel ne le quittait pas des yeux, l'obligeant à ne pas bouger. Pierre eut l'idée de lui affirmer qu'il n'était pas armé !

Au moment précis où Marcel abaissa son regard vers un des tiroirs du meuble pour l'ouvrir et lui prouver le contraire, il tira son revolver, profitant de la situation, en contournant le bureau pour se rendre auprès de lui. Le revolver sur la joue, Marcel devenait inoffensif, et ses sbires, surpris, gardaient les bras ballants. Il leur ordonna de fermer la porte à clé et de se rendre contre le mur de droite.

- Je repose ma question… fit-il froidement en se gargarisant à son tour de la situation, où est-elle ?

- El cogno !! fit un des employés de Marcel.

Pierre appuya sur la détente, lui logeant une balle de sept soixante-cinq dans la jambe. L'homme s'écroula en poussant un cri.

- Pour la dernière fois avant que je n'en tue un, où est-elle… ? dit-il.

L'employé penché sur son compagnon essayait de comprimer la plaie qui saignait à gros bouillons. Pierre, doucement, réarma et visa l'individu qui avait un genou à terre, puis mit le canon de son arme dans la bouche de Marcel.

- Ouvre la bouche, connard !! je vais te faire sauter une dent... ! je parie que je peux y arriver !

Marcel répondait par des borborygmes provenant de son estomac malade et Pierre enleva son arme.

- Elle est à Mantilla... à douze kilomètres d'ici !

- On y va ! Toi, dit-il en désignant l'homme blessé, tu restes là ! Ah ! autre chose, on va retraverser le bar, pas de plaisanterie... si on te pose des questions, réponds comme d'habitude... tu leur dis que tu sors pour aller la retrouver... s'il y avait quoi que ce soit, je ferai appel à lui, fit Pierre en désignant son arme. Fouille-le ! toi aussi, fouille-le ! Les deux hommes se fouillèrent en maugréant sortant un revolver d'une des poches du même nom. Donne-le moi, il tiendra compagnie à l'autre... ! Allez, ouvre la porte... prends la clé et referme !

Passant devant l'homme blessé, il frappa sa nuque du plat de son arme si fort qu'il entendit les vertèbres craquer. L'homme s'effondra.

La salle était bondée, les spots se disputaient le droit d'être dirigés sur la plus belle des filles en transpiration, continuant ses exercices sous les sifflets de la clientèle.

La sono était à fond, les serveurs les regardèrent se diriger vers la porte de sortie et Marcel se retourna vers l'un deux en lui faisant un petit signe amical.

- La voiture... où est la voiture ? qui a les clés ? Vite... en route... ! fit Pierre.

Les deux hommes montèrent à l'avant, Pierre à l'arrière. Marcel prit le volant de la vieille limousine qui avait perdu sa vitre. Touchant aux fils sous le volant, la voiture démarra.

Mantilla était un petit bourg. Les quelques habitants ·travaillaient dans les champs. Aucun commerce ne leur venait en aide. Ils vivaient de leurs cultures et les maisons construites par les Américains de l'époque se dispersaient en poussière de ciment lorsque le vent se mettait à souffler. Les balcons garnis de balustres perchés sur des terrasses du troisième étage donnaient à l'ensemble un caractère moyenâgeux, comme si plusieurs donjons étaient rassemblés. Les rues étaient désertes, le soleil éclatant sous l'épaisse couche nuageuse, brisait les quelques chiens attardés à vouloir manger dans le caniveau, dans la pénombre, derrière les barreaux des fenêtres, on devinait des visages de femmes ou d'enfants. La voiture s'arrêta devant un petit couloir étroit coincé entre deux maisons, ils l'empruntèrent à quatre, Pierre fermant la marche, au bout, il y avait une porte vitrée que Marcel n'eût pas de mal à ouvrir. Ils se trouvèrent dans une pièce vide, sentant le plâtre sec et la poussière de cinquante ans, un escalier montait jusqu'au troisième avec à chaque palier, deux portes donnant chacune sur un appartement, au second, Marcel s'arrêta, prit une clé dans la poche de son pantalon et ouvrit, Pierre les poussa tous les trois à l'intérieur. Une odeur différente vint aussitôt lui caresser les narines, celle de la propreté, d'appartement remis en état, de peinture neuve, d'odeur de cuisine qui n'arrivait pas à s'éliminer. Marcel alluma. Les fenêtres étaient condamnées, bouchées à l'aide de briques ou de bouts de bois, la pièce était vide, au fond, une autre porte encore fermée qu'il ouvrit avec une autre clé, Pierre devenait fébrile, redoutant ce qu'il allait trouver, et heureux de revoir Catalina. Il pressa les trois hommes devant lui, fit claquer le réarmement de son revolver de manière à ce qu'ils l'entendent. La pièce était vaste, meublée sommairement, propre, bien éclairée, visiblement il n'y avait personne. Marcel cria : « Catalina ? ! »

L'appartement possédait d'autres pièces avec des fenêtres également condamnées. La chambre à coucher avait son lit défait. Dans une autre pièce, posés sur une table, des vêtements neufs ressemblant à de la lingerie transparente. Une salle d'eau avec une douche soigneusement bricolée déversait par un tuyau l'eau que Catalina n'avait pas réussi à stopper.

Près du coin cuisine, un fauteuil tourné vers le mur semblait remuer. Pierre l'appela.

Elle se dressa d'un bond, surgissant comme un ange de sa boîte, elle était belle, les traits fatigués, le regard éperdument reconnaissant, pleurant, elle se jeta dans ses bras qui la repoussèrent aussitôt. Un des hommes de Marcel tentait de s'emparer d'une chaise pour l'envoyer sur lui, le revolver suffit à le dissuader. Elle était habillée comme il l'avait quittée, simplement, et sa peau sous la lueur blafarde de l'ampoule de quelques watts semblait avoir noirci, l'éclat de ses dents rayonnait dans cet intérieur misérable, ses yeux rendus brillants par les larmes, étaient rougis d'avoir pleuré trop longtemps sous leurs paupières à demi-closes.

- Touchant, les retrouvailles ! fit Marcel.

La main de Pierre vint s'abattre sur son visage comme un coup de machette, tailladant l'aile de son nez et ouvrant sa pommette droite. Le sang giclait. Les deux gorilles se regardaient, voulant agir, mais l'arme de Pierre tournée dans leur direction les obligea à se maîtriser.

- On part ! fit-il. Toi, dit-il en regardant Catalina, tu restes à côté de moi.

Il lui tendit un des revolvers ramassés au hasard de sa route, l'arma et lui conseilla de surveiller les deux sbires de Marcel, puis il fit le tour de l'appartement, regardant çà et là, l'endroit où venait de vivre pendant une semaine la femme qu'il aimait.

Marcel se plaignait, essayant d'arrêter l'hémorragie de son nez.

- Il est fou ! c'est un malade... !! je vous l'avais dit... ! vous autres, vous n'avez rien fait !!

Pierre ne répondait pas, les poussant du bout de son canon dans l'étroit passage qu'ils venaient d'emprunter. La voiture était là, il demanda les clés, toutes les clés ! fit monter Catalina, vit ses jambes fuselées happées par le véhicule et la portière se rabattre sur leur beauté, puis se tourna vers les trois hommes et les pria de rentrer de nouveau dans le petit immeuble. Dans l'escalier, comprenant ce qui allait leur arriver, ils traînèrent les pieds. Pierre sachant Catalina hors de danger, les fit accélérer. Un des hommes se retourna brusquement essayant de placer un coup de pied sur l'arme qu'il tenait, le coup partit. L'homme poussa un hurlement et dégringola les marches jusqu'au niveau inférieur. Ne s'en préoccupant pas, il fit signe aux deux autres de continuer. Marcel, de son côté, parlait tout seul en espagnol, injuriant son compagnon qui n'osait plus bouger. Il les fit entrer dans l'appartement, les poussa jusqu'au fond de la pièce où se trouvait Catalina, et en redescendant, referma toutes les portes.

L'homme blessé avait réussi à atteindre le trottoir en rampant. Son pied complètement éclaté laissait une traînée rouge, un peu noire, que des chiens affamés venaient lécher. Priant Pierre d'être transporté jusqu'à l'hôpital, ce dernier le regarda sans un mot, caressa un des chiens, monta dans la voiture, fit toucher les deux fils dénudés qu'il y avait sous le volant, démarra et reprit la direction de La Havane.

Catalina le regardait, touchante, douce, fragile, telle qu'il ne l'avait jamais vue, dans un état proche de l'évanouissement. Leur voiture était poussive mais fiable, la route défilait devant eux comme un ruban poussiéreux parmi les orchidées se mélangeant aux bégonias de toutes sortes, des joueurs de dominos disputaient des parties interminables sur les trottoirs ensoleillés. Guidé par Catalina, il prit la direction du Théâtre national par l'avenida Carlos, puis l'avenue de Los Présidentes vers le parc José Marti, pas loin du Malécon, enfin à gauche, calle sept, rue Catzada pour arriver à l'hôtel Morro. L'hôtel pouvait les accueillir. Placé à l'ouest du Vedado, il était assez petit pour passer inaperçu, fréquenté par des jeunes touristes sans le sou, sa réputation tombait dans la normalité des hôtels ordinaires. L'accueil était tenu par un grand gaillard basané, à la moustache frisée, possédant une sonnette sur pied, sur laquelle les clients de passage devaient frapper pour l'appeler s'il était absent. Sur un banc, devant le comptoir, de nombreux sacs à dos attendaient leurs propriétaires.

Pierre paya pour trois nuits d'avance, reçut la clé de leur nouveau logis et demanda à ce que sa voiture soit ramenée sur le parking de l'aéroport, en donnant un supplément. Dans l'escalier montant aux chambres, deux jinitéras descendaient avec leurs clients de l'après-midi, tandis que d'autres montaient pour y passer la nuit.

C'était propre, désuet, mal conçu, les toilettes se trouvaient sur le palier et les douches aux niveaux inférieurs, mais Pierre savait que ceux qu'ils auraient à leurs trousses visiteraient d'abord les hôtels de luxe.

Ils avaient la chambre numéro sept dont a porte, dix fois forcée permettait à une main d'écarter le chambranle afin de faire coulisser le pêne dans son logement.

Il y avait deux lits côte à côte, ainsi qu'une armoire de rangement constituée de rayonnages jaunâtres et, traînant dans un coin, une vasque et un broc rempli d'eau pour les ablutions intimes. La fenêtre donnait sur la mer qu'ils apercevaient pardessus les toits, la rue était calme, sauf quelques rares motos pétaradantes. Il referma la porte ; Catalina la fenêtre. Elle mit le ventilateur en route qui démarra péniblement, et se jeta dans les bras de son sauveur. Ils tombèrent tous les deux sur un des lits recouvert d'un drap bien blanc, sa jupette relevée jusqu'à la taille lui offrait ce qu'elle avait de plus beau, ses longues cuisses musclées entouraient sa taille en le serrant très fort, tandis qu'il lui enlevait son tee-shirt gris, elle prit sa bouche entre ses dents. Il sentait en lui l'ébullition finale sans avoir encore eu le besoin de la regarder nue, il avait du mal à se contenir et pensait le faire en regardant autour de lui, dispersant son esprit sur les chiures de mouches tapissant les murs et le plancher trop souvent mal lavé, imprégné de squames, de cheveux, de rejets de toutes sortes, laissant une croûte brunâtre recouverte d'un produit désinfectant. Elle en était à lui enlever le pantalon quand sa jouissance, ravalée comme une salive dans un état de peur intense, lui occasionna une douleur au niveau du bas-ventre. Il respira calmement, l'ayant devant lui et sous lui, complètement offerte, complètement abandonnée, demandant du plaisir comme il avait su lui en procurer il y avait encore quelques semaines, il lui écarta progressivement les jambes et se laissa glisser jusqu'à se retrouver lui-même à genoux sur le parquet rugueux, sa bouche jouait en effleurant l'intérieur de ses mollets, respirant sa peau comme un animal en rut, remontant vers ses cuisses qui se durcissaient au fur et à mesure de sa caresse, et le nez enfoui dans sa toison noirâtre, d'un coup sec de sa langue humide, lui ouvrit la porte des mille délices, saisissant entre ses lèvres ce qui se tendait vers lui. Elle gémit en refermant ses yeux fatigués, passant ses deux mains dans sa tignasse d'homme affirmé, pétrissant sa nuque au rythme qu'il maintenait lui-même sur le bouton devenu électrique. Les décharges succédaient aux décharges, Catalina se lovait, se détendait, se crispait, se raidissait, s'écartait, gesticulait, soupirant et respirant avec difficulté. Il était déchaîné, ses mains avaient empoigné ses fesses, la soulevant à la même cadence que pouvait aller sa langue sur son bout de chair irrité, puis ralentissant son allure, la laissa revivre pour mieux la refaire frémir. Elle avait des larmes qui coulaient sur ses joues, des larmes que les femmes laissent couler lorsqu'elles se sentent aimées. La chaleur de sa bouche et sa pression se firent alors passion, il caressa tout son corps en remontant vers son visage, l'embrassant dans le cou, titillant les deux seins restés les oubliés d'un jeu agaçant, mais devant se terminer dans la plénitude de la jouissance à deux, ils étaient gonflés, à la fois souples et solides, dressés vers ses mains, courbés, torturés par son envie, il redescendit sur le parquet, reprenant sa place pour l'assaut final. Sa bouche remonta cette fois sans s'arrêter jusqu'au point le plus sensible, et dans une dernière succion obscène, lui fit arquer le dos en spasmes violents et saccadés, puis lui écarta les jambes de manière brutale, enfouissant son envie au plus profond d'elle-même, laissant éclater son bonheur de l'avoir retrouvée.

Le lendemain, levé avant elle, il alla commander un taxi et téléphoner au cent seize pour rentrer en contact avec Escobar.

Quand il remonta à la chambre, elle était allongée nue, son corps magnifiquement fatigué s'écartelait sous les rayons brûlants du soleil.

Il s'allongea à ses côtés, lui recommandant de ne pas bouger, ni même de descendre à l'accueil, le petit déjeuner ainsi que les autres repas lui seraient servis dans la chambre, le temps qu'il ait fait ce qu'il avait à faire. Ils s'embrassèrent, grisés par la veille, par la nuit constellée de multiples fantaisies, de visions irréelles, de merveilles, la main de Catalina cherchait sa main, car son bas-ventre meurtri par l'embrasement qu'il avait connu recherchait l'apaisement par le contact de celle-ci. Elle se leva, ses cheveux défaits ne la défiguraient pas, son corps s'inclina sur la cuvette, Pierre sortit, la laissant dans son intimité. En bas, on criait que le taxi était là.

Escobar écoutait Pierre sans broncher, assis à la même terrasse de café, il le regardait avec une lueur amusée dans les yeux. Le garçon posa deux cafés devant eux, en saluant plus respectueusement Escobar qui ne répondit pas. Leurs petites cuillères tournaient le sucre fin, permettant à Pierre de s'interrompre un instant, Escobar continuant à le regarder, découvrant un autre homme, violent celui-là, sans retenue, vigilant, sans pitié, puissant et très riche depuis peu.

- Monsieur Malaquin, fit ce dernier après avoir trempé sa moustache dans sa tasse de café, c'est dommage que vous ne soyez pas Cubain… je vous aurais fait entrer dans ma brigade… vous auriez pu aisément remplacer Vargas qui est actuellement dans une de nos cellules. Il va y rester très longtemps. Vous ne venez que confirmer ce que nous savions déjà… Quant à votre ami Marcel… ou Pedro, comme vous préférez, nous allons l'arrêter et le faire extrader… Pour les autres, ce n'est que partie remise… ils se feront piéger lors d'un contrôle de routine… Vous aussi, dans votre pays, vous avez des tas de problèmes, les gangsters s'y promènent en toute impunité!!! Lorsqu'ils sont pris, ils sont relâchés… et ils recommencent… les criminels ne subissent aucune mesure… je dirais… expéditives…! Ici, parfois ils disparaissent de leurs geôles sans laisser de traces, les familles ne viennent même pas les réclamer ! La justice et l'injustice… voilà bien la question… entre un bandit et un policier, il n'y a pas de différence… les avez-vous déjà vu côte à côte ? ils sont identiques… seule une carte d'identité peut les dissocier ! Mais je ne suis pas là pour excuser mon lieutenant… Quant à vous, soyez sur vos gardes, le mieux serait que vous repartiez en France où vous attend peut-être une femme… des enfants… votre cerveau qui est au deux tiers guéri pourrait y parfaire sa guérison… Pour Catalina, elle ne sera plus inquiétée, la police veillera à sa sécurité, ainsi que sur sa mère. Je vais rajouter ceci, que je n'ai jamais dit à personne… je suis très heureux de vous avoir connu… ! Ne vous méprenez pas, je ne m'appelle pas Vargas !

Il se leva, prit son journal, lui tendit la main, en regardant distraitement une voiture passer. Pierre se leva aussi et lui tendit la sienne.

... Soyez prudent avec vous-même… vous êtes fort, très fort ! Mais les armes détiennent des pouvoirs qui viennent à bout des plus coriaces… !

Pierre le regarda s'éloigner à petits pas, comme un homme normal en se rendant à son travail, pourtant, c'était le bras droit du secrétaire principal de Fidel.

Pour Vargas, il était déçu, mais n'y pouvait rien, il pensa alors qu'il était temps de retrouver son copain de collège pour l'empêcher de nuire à nouveau, avant que la police ne le retrouve. Catalina était en lieu sûr, Pierre avait donné une grosse somme à l'homme qui tenait l'accueil de l'hôtel, vu sa corpulence, il y avait de fortes chances pour que personne ne vienne frapper à la porte de sa chambre. Il héla un taxi et se fit conduire au club qui se trouvait à deux kilomètres de là, devant l'établissement, quatre camions de soldats gardaient l'entrée, la porte avait été défoncée à coups de crosses, les fenêtres en dessous des néons allumés, étaient grandes ouvertes, et quelques soldats en armes voyageaient dans les étages.

- Continuez, fit-il au chauffeur.

« Escobar, pensa-t-il, ne plaisante pas. Vu la situation, ce Marcel allait trouver une autre solution. »

- À l'hôtel Morro, on rentre !

Arrivé à l'hôtel, il demanda au chauffeur de les attendre, monta les escaliers quatre à quatre, cria à Catalina d'ouvrir, rassembla les quelques bagages existants, mit un objet un peu lourd dans une serviette éponge et ils redescendirent en courant. Ils eurent juste le temps de remercier le gérant qui ne comprenait rien, et de remonter dans le taxi à qui il demanda de prendre la direction de l'aéroport. Celui-ci n'était pas très loin, mais en cours de route, Pierre le fit stopper devant un établissement téléphonique, dans sa poche, il avait le numéro de Josepha, il était déjà dix heures du matin, avec un peu de chance, il pourrait peut-être prendre l'avion pour se rendre à Holguin, les téléphones n'étaient pas pris d'assaut comme la nuit.

Il fit le numéro et sa sonnerie se mit à grésiller. Il savait que chaque minute était comptée, il ne fallait pas perdre de temps et rentrer immédiatement à Guardalavaca. Ils en étaient loin, seul un avion pouvait les rapprocher rapidement de la pauvre Émilia.

- Holà ? fit une voix qu'il connaissait bien.

- Josepha, c'est moi, Pierre ! Je te demande un service… quand pars-tu avec l'avion pour Holguin ?

- Pierre, quel plaisir ! Tu vas passer… ?

- S'il te plaît, Josepha, je suis pressé et surtout en danger… !! Quand pars-tu avec cet avion ? Il faut que je le prenne absolument ! Rends-moi ce service !

- Tu es décidément toujours pressé… ! Mais je te pardonne pour cette fois ! Bien ! l'avion doit décoller à onze heures de l'aéroport de La Havane, où te trouves-tu ?

- Pas très loin… à vingt minutes, selon les encombrements, à quarante minutes au pire !

- Quelle heure est-il ? Aujourd'hui, je suis en congé, c'est ma copine qui fait la traversée !

- Arrête de parler, Josepha, s'il te plaît ! Il est dix heures dix, ça va être très juste, peut-être trop juste… ! As-tu une autre solution ?

- Rappelle-moi dans dix minutes, je vais essayer de faire quelque chose.

Elle raccrocha brutalement, comprenant sûrement que le moment n'était pas à la plaisanterie. Il regardait autour de lui, la salle était presque vide ; des femmes de ménage courbées sur leurs serpillières nettoyaient les grands carreaux de faïence grisâtres, séchés par un grand ventilateur posé au sol entre deux comptoirs, soufflant son air tiède. La standardiste d'une trentaine d'années discutait avec un planton armé, vêtu d'une chemise bleue et d'une casquette à galons dorés, une horloge murale aux chiffres énormes égrenait les secondes téléphoniques de la clientèle, deux croupes féminines ondulaient dans leurs tabliers bleus, l'une étant plus attirante que l'autre.

Il refit le numéro de Josepha, par la fenêtre aux barreaux peu espacés, il voyait le taxi et Catalina.

- Allô, Pierre ? Je viens d'avoir mon amie, elle me remplacera demain… je ferai le voyage aujourd'hui. Elle a téléphoné à la Compagnie pour leur dire qu'elle avait un empêchement… maladie grave de sa mère, etc., bref, qu'elle faisait appel à moi pour la remplacer… le commandant décollera à onze trente… ça va ? Moi, je file !

Il raccrocha, alla payer et sortit en trombe de la salle.

- À l'aéroport ! et vite, s'il vous plaît ! dit-il en remontant dans le taxi.

La circulation devenait dense, les feux rouges ne clignotaient jamais, un léger brouillard occasionné par les fumées des pots d'échappements ensevelissait petit à petit les habitants, les klaxons s'en donnaient à cœur joie, tous les coups étaient permis, de droite ou de gauche et vice-versa, les colonnes de voitures plus excentriques les unes que les autres, presque à se toucher, se coulaient dans l'avenue principale menant à l'aéroport. Le chauffeur avait monté la musique ; les fenêtres ouvertes, dans les moments de ralentissements les plus longs, leur permettaient d'écouter les autres stations. Tout ce charivari mélangé à l'odeur âcre se développant autour d'eux les faisait rêver de sable blanc, de cocotiers élancés, d'eau pure, de bohios entourés de massifs fleuris, de courses éperdues dans quelques centimètres d'eau, éclaboussant en gerbes blanches les petits crabes soulevant timidement la couche fragile de leur habitat.

La mer était à présent à leur droite, bleue ou verte selon les fonds, couleur du ciel azuré, légèrement teintée de jaune, bleue ou carrément foncée en bordure des rochers. La main de Catalina tenait la sienne et ne la lâchait plus. Il regarda sa montre, il était onze heures dix déjà. Ils n'étaient plus très loin, l'avenue conduisant à l'aéroport s'était soudainement vidée des encombrements, la voiture roulait beaucoup plus vite, le chauffeur mâchonnait son cigare en les regardant dans son rétroviseur. Il arrêta son véhicule au pied de l'aéroport, derrière d'autres taxis.

Une animation inhabituelle régnait aux abords de l'austère bâtiment de ciment gris, des colonnes de camions remplis de soldats attendaient garés les uns derrière les autres, des militaires dans le bâtiment demandaient les papiers des personnes s'y trouvant, y compris les passeports des touristes rangés à la queue leu leu devant les portillons offrant l'accès à la salle principale. Josepha était là, dans son bel uniforme blanc, la sacoche sous le bras, souriante attendant ses passagers.

- Vite, suivez-moi, cria-t-elle, on passe par là… je connais le gardien !

Ils prirent sur la droite, étroitement accompagnés par elle qui leur parlait exprès presque en criant, marchant rapidement pour se faire repérer.

- Pour les billets, on verra à l'arrivée… il faut faire vite !

Ils passèrent les portes les plus gardées, Josepha présentant la carte de sa compagnie toutes les fois qu'elle devait le faire, l'avion dont le moteur tournait, visiblement les attendait. Le petit escalier n'était pas encore rentré, un homme habillé de bleu, dans la carlingue, leur fit signe de se dépêcher, à sa montre, il était onze heures trente. Essoufflés, ils s'assirent sur les sièges restés libres. Un bruit de roulement indiqua que la porte se refermait. Quelque temps après, ils survolaient La Havane, se dirigeant plein est vers Holguin.

Des taxis attendaient à proximité du bureau d'enregistrement, Pierre fit monter Catalina dans celui qui était le plus proche, donna quelques dollars au chauffeur qui se rangea face à la fenêtre du baraquement. Suivi de Josepha, il pénétra dans celui-ci pour régler leur voyage. Au guichet, trois Hollandais attendaient leurs billets pour La Havane.

- Tu as beaucoup de goût ! fit Josepha en lui caressant le dos de la main, je vous observais pendant le trajet… elle est très belle… et pour le reste ? elle se défend… ?

- Je voulais te remercier pour ce que tu as fait, fit Pierre, gêné de l'approche soudaine de son amie, tu sais, si un jour tu as besoin de moi, je saurai être là aussi, c'est promis ! n'hésite pas, je répondrais toujours présent… ! Je suis un peu ennuyé par cette situation, tu comprends ?

- J'ai envie de t'embrasser… viens, suis-moi dans les toilettes… répondit-elle, les Hollandais prennent leur temps !

Il regarda par la fenêtre, Catalina parlait avec le chauffeur, il la suivit.

Une odeur pas très heureuse de savon liquide, de désinfectant, d'urine encore chaude, stagnait dans le petit bout de pièce où s'isolaient pour quelque temps les passagers.

Josepha le poussa sur le siège où l'abattant était rabattu, ferma le loquet de la porte derrière elle, et prestement releva sa jupe pour se mettre à califourchon sur ses genoux, puis elle lui prit la nuque, l'obligeant à l'embrasser furieusement.

- C'est peut-être la dernière fois, tous les deux ! Tu peux bien faire un effort ! dit-elle en souriant.

Leurs bouches s'aspirèrent comme deux ventouses réunies l'une contre l'autre, procurant une envie à Pierre anormale dans ce cadre insalubre, avec Catalina à dix mètres de lui, déjà elle avait écarté le petit bout de tissu cachant sa féminité et sa main s'employait à rechercher l'évidence qui se tenait cachée en une sorte de renflement sous son autre main défaisant les deux boutons restants pour la libérer de son emprisonnement. Il se laissait faire, pensant que ça n'aurait servi à rien de résister si ce n'est qu'à les retarder.

La moiteur des lieux les incitait à faire vite. Il avait passé ses mains sous ses fesses rebondies, la soulageant un peu pour être moins entravé et plus performant dans ses coups de reins, chaque saccade devenait une lame plongée au fond de leur être, ils savaient qu'ils ne le feraient plus, peut-être même ne se verraient-ils plus non plus !

Les yeux fixés au plafond, elle accompagnait parfaitement l'acte de Pierre, sans briser le contact de leurs deux corps en transpiration, les va-et-vient finirent à conforter leur jouissance, plus du côté de Pierre que du côté de Josepha, mais celui-ci avait hâte de terminer pour aller payer.

Josepha l'embrassa une dernière fois, écouta un peu, et sortit en se repeignant.

- Adieu ! lui dit-elle, c'est dommage !

Quand il entra dans le bureau, le guichet était libre, Josepha avait disparu. Dans le taxi, Catalina parlait toujours avec le chauffeur.

- À Guardalavaca ! fit Pierre en s'essuyant le visage ruisselant.

La voiture roulait depuis un moment, Catalina, fatiguée par le voyage et par ce qu'elle avait subi, dormait profondément sur son épaule. Les paysages les plus variés défilaient devant les yeux de ce dernier qui venait d'oublier la réalité des choses, la vallée de Mayabé présentait son plus beau profil malgré ses nombreux lacets et sa route défoncée, les routes à cette heure de la journée étaient désertes, les gens étant à l'abri, où à table selon leurs finances, seuls, des enfants couraient s'asperger dans les flaques d'eau boueuse formées par les grosses pluies de la veille. Il avait hâte de retrouver Émilia.

Dans sa main, la main de sa compagne était confiante, inerte, offerte aux caresses de ses doigts vigoureux, il pensait qu'il venait d'avoir tort, mais que la faute n'est en rien critiquable lorsqu'elle est rendue obligatoire, il n'avait fait que suivre son instinct et l'envie d'une femme ayant un urgent besoin d'affection.

Dans les prairies, les chevaux se cachaient de la chaleur sous les tôles ondulées, sur la voie ferrée, unique à cet endroit, les grands rapaces aux cous pelés picoraient les déjections des voyageurs sur le ballast rougeâtre, tandis que dans les palmiers, quelques tocorros multicolores s'enfouissaient dans leurs troncs malades, Guardalavaca n'était plus très loin, il sentait l'odeur du large venir caresser ses souvenirs comme s'il avait quitté les lieux depuis des années, son cœur battait à la pensée de retrouver le voisinage d'Émilia.

Elle devait rêver dans son sommeil profond à quelque chose dont elle ne se souviendrait plus une fois réveillée, doucement, il prit sa bouche, lui caressa la joue jusqu'à ce que ses paupières s'ouvrent sur un spectacle qu'elle connaissait bien.

Devant elle, la plage immense étalait son sable fin à perte de vue, léchée par les rouleaux du large, grossissant sous la brise toujours vagabonde et le sempiternel conflit des courants multiples passant sur la bande corallifère large de plusieurs dizaines de mètres.

Le chauffeur baissa la musique, s'arrêta devant la petite maison. Émilia s'y trouvait en compagnie de Rosa. Elles coururent toutes les deux jusqu'à la voiture, prirent Catalina dans leurs bras en criant de plaisir, Émilia déversait des tonnes de larmes, tandis que Rosa l'embrassait à l'étouffer. Lorsque le taxi eut disparu, les bagages à la main, Pierre les suivit toutes les trois dans un endroit frais de la maison pour fêter joyeusement leurs retrouvailles en ouvrant quelques bouteilles de bière qu'Émilia avait prévues à cette occasion.

Elle n'avait eu la visite de personne. Elle avait tué le temps avec son amie Rosa et ses autres voisins. Leurs promenades à cheval sous les palmiers émondés par Léonardo avaient été multiples. Le reste du temps, elle s'était occupée de ses animaux et de son jardin, s'était enrichie de deux cochons supplémentaires, sur lesquels elle comptait pour avoir des petits.

À partir de cette nuit, elles iraient dormir chez Rosa avec sa fille, Pierre garderait la maison. Le cheval, l'encolure baissée vers le sol, attaché au bananier, attendait en réfléchissant sur son passé. Il devait avoir une douzaine d'années, et le panier que lui avait offert Émilia, empli de feuilles de salades abîmées, ne suffisait plus à le tirer de sa torpeur. Alors il préférait racler son cou poussiéreux sur l'écorce du vieil arbre, faisant oui avec la tête comme s'il voulait signifier qu'il acceptait sa condition.

Pierre les mit en selle avant la nuit, le vieux canasson, sous le poids de la dernière personne qui était Catalina, fléchit le dos, raidissant ses pattes pour être plus sûr de pouvoir les porter.

Rosa lui tapota le fessier et l'animal partit à petits pas vers son écurie. Elles en avaient pour une bonne heure, le temps que Pierre se prépare. Rendu gai par la bière qu'il venait de boire, il alluma toutes les lampes tempête, il y en avait huit, et les disposa aux quatre coins de la maison. Il alla ensuite chercher le matelas de son lit et le saucissonna pour en faire une masse ronde en le glissant à l'intérieur du lit d'Émilia, directement sur le plancher, après quoi, satisfait, il se rendit devant le jardin admirer son œuvre. La masure avait une allure de castel en goguette. Ce soir, il dormirait dans le poulailler.

Les échos de l'océan venaient briser le silence pesant de la nuit. Rampant par la porte grillagée de l'enclos, il alla s'allonger sur le plancher maculé de fientes d'oiseaux, bousculant çà et là les poulets perchés pour la nuit, sa carrure restait prisonnière de l'endroit, pas conçu pour ce genre d'intervention, et les poulets surpris laissaient échapper, malgré leur sommeil profond, des caquetages légers et des battements d'ailes effarouchés. L'odeur y était forte, à la limite du supportable, il s'installa sur le ventre du mieux qu'il pût, les yeux tournés vers la cour d'entrée de la maison suréclairée. Il y avait allumé le poste qui diffusait en permanence de la salsa, de manière à créer un climat de fête, poussa avec son coude une poule qui s'obstinait à le coller, prit son revolver qu'il avait accroché à la ceinture, l'arma et le posa sur le tapis gluant de fientes de poulets. Protégé par les planches, son corps restait caché, seul un petit bout de sa tête au ras du sol restant visible, il tira à lui une gamelle de fer-blanc dans laquelle Émilia mettait les restes de leurs repas. Une main sous le menton, il ne bougea plus, attendant en sommeillant le petit matin.

Des bruits de moteur le tirèrent de sa réflexion. Des faisceaux lumineux éclairaient en se rapprochant, la tête des cocotiers, les plongeant dans le noir chaque fois que la voiture tournait, puis les bruits s'amplifièrent et les phares éclairèrent rapidement le petit jardin d'Émilia. Il y avait trois voitures. Elles s'arrêtèrent à une centaine de mètres de l'endroit où il se trouvait caché, des chuchotements, des cliquetis d'armes, des ombres se précisèrent. Il y avait huit hommes, Pierre reconnut Marcel menant son expédition punitive, Manuel, le plus petit, qui marchait en boitant, plus deux autres, voire quatre, qu'il avait entraperçus dans le club quelques semaines auparavant. Ils passèrent devant le poulailler sans le regarder, se dirigeant droit sur la maison où il y avait une fête. Postant quatre hommes à l'extérieur, ils pénétrèrent dans le bohio d'Émilia, armes à la main, un des hommes s'éloigna de la maison, revenant en arrière vers le poulailler en déboutonnant la braguette de son pantalon. Ayant rangé son arme dans sa poche, il péta et envoya son urine chaude dans la gamelle que Pierre avait devant la tête. Le liquide fit chanter les bords de la casserole en alu et l'homme se remit à péter. La veille, il avait pris une gifle de Manuel pour n'être pas arrivé assez vite et comptait la lui rendre. La gamelle avançait sur la droite comme propulsée par son liquide. Un petit « tsst ! tsst ! tsst ! » le surprit, et il vit une arme dirigée droit sur lui au ras du sol, puis une voix lui chuchota de rentrer dans le poulailler en rampant, comme il venait de le faire lui-même, l'homme hésita, regarda vers la maison. Pierre refit aussitôt « tsst ! tsst ! tsst ! » et plus doucement encore, lui murmura dans l'oreille une fois que ce dernier fut allongé, un ordre qu'il accomplit. Il lui tendit son arme qu'il avait remisée dans sa poche, sa tête à vingt centimètres de la sienne, d'un coup sec, il la lui abattit sur la tempe gauche, l'homme fit un « ouf ! » de soulagement comme s'il venait d'expirer après une dure journée, s'aplatissant davantage sur le sol rendu meuble par les grattages des poules en quête de vers. De sa main encore libre, Pierre ramena la gamelle plus lourde devant son visage.

À l'intérieur de la maison, un déchaînement de pistolet mitrailleur déchira la nuit et son silence. Les trois hommes restés seuls criaient après celui qui venait de s'endormir dans le poulailler, l'un plus énervé que l'autre de ne pas le voir revenir, se dirigea vers l'endroit où il se trouvait allongé. Éclairé par les lampes tempête, le poulailler ressemblait à une grande caisse en bois recouverte de grillage au portillon ouvert. Quand il le vit sur le sol, et comprenant qu'il venait de se sentir mal, il passa le portillon, s'accroupissant pour le réconforter.

Dans la demi-pénombre, il mit son pied dans une gamelle pleine d'eau, jura, secoua son ami qui ne bougeait plus, puis appela les deux autres pour l'aider à le sortir de là. Dans la maison, s'apercevant de la supercherie, Marcel donna l'ordre de mettre le feu, ses hommes se précipitèrent sur les lampes à pétrole et les fracassèrent sur les murs, dans le poulailler, gênés par le grillage rouillé s'accrochant à leurs vêtements, les trois hommes tiraient en cadence leur ami couvert de boue, tandis que l'un secouait son pied mouillé, un autre entendit la petite voix. Dans l'encadrement de la porte coulissante, il y avait un visage et une main au bout de laquelle un revolver s'agitait dans leur direction.

- Les armes sur le sol, vite, et pas un mot, le temps que je sorte d'ici ! vite ! pas une fausse manœuvre… ou vous êtes morts ! fit Pierre en s'ébrouant pour se dégager, mais sans les lâcher du regard.

Les trois hommes baissèrent leurs armes et les jetèrent à terre.

- À plat ventre comme moi, vite ! très vite ou je tire sur celui qui est encore debout… !

Les trois hommes au sol, Pierre se redressait péniblement, sentant sa main glisser sur la crosse couverte de fientes d'oiseaux, ses vêtements en étaient imprégnés, l'odeur était pire que celle du chacal resté prisonnier une semaine dans un tas de fumier.

La maison commençait à prendre feu, la clarté était totale, Pierre ramassa les armes diverses, envoyant un ou deux coups de pied dans la figure de ceux qui voulaient les récupérer. Les quatre occupants, dont Marcel, sortirent en courant, arrosant avec une bouteille de rhum le petit appentis où Miguel rangeait ses outils, et mirent le feu. Lorsqu'ils se retournèrent vers la route, Pierre était debout, le revolver à main, visant les trois hommes couchés au sol.

- Salut, Marcel !! fit-il, tu es devenu incendiaire ? Lâchez vos armes ou j'en tue un… puis un autre… !

Pierre visa celui qu'il avait à ses pieds et tira. L'homme atteint au bas des reins hurla et se raidit sous la douleur.

- Lâchez vos armes, cria Marcel, vite, jetez-les !

Les trois hommes obéirent à leur chef, sauf celui qui avait le pistolet mitrailleur. La rafale partit vers Pierre qui se jeta une nouvelle fois sur le sol, en tirant dans sa direction. Atteint en pleine poitrine, l'homme se courba, continuant à tirer dans la terre, puis tomba. Le chargeur vide, le pistolet restait bloqué dans sa main, comme s'il voulait encore tirer. Se redressant lentement derrière Pierre, un autre voulut reprendre des armes restées aux pieds de celui-ci. Pierre se retourna et tira de nouveau, envoyant à bout portant une balle dans sa cuisse qui explosa dans une gerbe de sang et d'os. L'homme hurlait, la moitié de la cuisse enlevée par le projectile.

- Maintenant, on se calme ! fit Pierre.

Attirés par les flammes et le bruit des armes, quelques voisins étaient sortis, dont Léonardo, Félippé et d'autres.

La maison flambait sérieusement avec tous les souvenirs de Pierre, de Catalina et de sa mère. Les flammes hautes, attisées par la brise de mer, retombaient en fines flammèches sur le petit potager, sur les hommes restés au sol. Pierre attira Marcel à lui :

- Tu as quelques minutes avant que la police n'arrive pour me dire certaines choses… ! Dans le cas où tu choisirais de te taire, je te tuerai, ce sera de la légitime défense… ! Les gens de ce village seront de mon côté ! Tu comprends ?

Les hommes blessés gémissaient… L'un d'eux, atteint plus sérieusement, s'évanouit, le sang dans le dos de son veston, laissait une auréole noirâtre. La salsa crachota puis se tut. Le petit atelier pétarada, laissant supposer que Miguel y avait caché quelques munitions.

Le jour commençait à se lever. Les camions de soldats arrivaient à grande vitesse avec, à leur tête, le chef de la police, prévenu par un paysan. Marcel parlait à Pierre sans s'arrêter, ayant peur qu'il ne mette à exécution ce qu'il lui avait promis. Un tas de poutrelles noircies, de cendres, d'objets disparates ne ressemblant plus à rien, continuaient à flamber. Pierre se dirigea vers la remise de Miguel, mit un coup de pied à une roue de bicyclette qui avait été épargnée par le feu, celle-ci glissa à l'extérieur du foyer, puis un second qui la fit rouler vers l'un des hommes blessés.

Le chef de la police donnait ses ordres, hurlant sur ses hommes qui ne savaient pas où aller. Pierre avait eu le temps de jeter son arme dans les flammes. Un petit monde militaire, excité, courait dans tous les sens, s'emparant même des voisins qui n'avaient rien à faire dans cette histoire.

Marcel avait révélé certaines choses, racontant que s'il était devenu ce qu'il était, c'était à cause des brimades, des coups, de cette compétitivité, entretenus dans leurs jeunesses, et de cette fille qui se prénommait Patricia, que Pierre lui avait prise alors qu'il était amoureux d'elle, bref, qu'il voulait se venger de toutes ces humiliations qu'il lui avait fait subir. Pierre n'avait pas trouvé à redire, sachant qu'il disait vrai, mais que de toute manière, même s'ils ne s'étaient pas connus, Marcel serait devenu ce qu'il était, un voyou de la pire espèce. Une voiture arrivait avec un soldat sur le marchepied, Escobar en descendit, venant directement à lui.

- Monsieur Malaquin, chaque fois que nous nous retrouvons sur ces lieux, il y a des problèmes !! Allez, vous autres, fit-il en s'adressant à la troupe, emmenez-moi ça !

Pierre n'en avait pas fini avec Marcel, il voulait lui faire dire qu'il avait tué Miguel. Il attendit qu'Escobar se soit éloigné pour renouveler sa question. Marcel, les mains sur la tête, le visage éclairé par les restes de l'incendie, avait vieilli de vingt ans.

Le poing de Pierre alla s'enfoncer droit dans son ventre sous le foie. Il se courba en crachant, le souffle coupé par le coup de butoir que Pierre avait eu le temps de préparer, ses acolytes se faisaient embarquer manu militari, et les deux blessés allongés sur des civières partirent en premier.

- Je répète ma question, chuchota Pierre en regardant autour de lui si personne ne les voyait, pourquoi l'as-tu tué ?

Sous la veste de Marcel, qui s'était relevée au moment où il s'était courbé, Pierre avait vu scintiller à la lueur des flammes le manche d'un couteau. Il le prit, l'arme était longue et pointue. On les avait oubliés. L'action se tenait au pied des camions où les hommes de Marcel, récalcitrants, refusant de monter, étaient poussés, malmenés par la troupe, sous le regard vigilant des deux chefs de police.

- Je vais te pousser, Marcel… ! fit Pierre, et tu vas t'empaler sur ton couteau… ! ce sera un accident… !

- Oui, je l'ai tué, cria-t-il, il avait un fusil ! C'était lui ou moi… ! J'ai fait disparaître le fusil… Ne me tue pas… ! Emmenez-moi, vous autres ! cria-t-il aux soldats.

Sur son côté droit, il sentait la pointe du couteau. Pierre l'appuyait avec vigueur dans l'espoir de faire pénétrer les vingt-cinq centimètres de la lame.

- ... Il va me tuer ! cria-t-il de nouveau, qu'est-ce que vous attendez, bande de nases… !!

- Tu cries encore et je t'achève ! fit Pierre, dommage… ils sont arrivés trop vite… tu as vraiment de la chance !

Escobar revint vers eux, mit les menottes à Marcel qui se plaignait d'une blessure au côté droit, regarda Pierre, la maison qui s'était mise à fumer, la roue de bicyclette, seule rescapée de cet incendie meurtrier, et lui dit une fois que Marcel se fut éloigné :

- Je vous regretterai, décidément... Maintenant, rentrez en France, s'il vous plaît ! Vous en avez assez fait... Puis son ton changea et il rajouta : nos affaires restent nos affaires, vous n'avez ni le droit, ni les fonctions, ni les accords de qui que ce soit pour servir de justicier dans ce pays !!

Sa voix était devenue grave, ferme, sans appel. Il lui tourna le dos, énervé d'avoir vu briller dans sa main de Pierre le poignard qui lui avait servi à piquer le flanc de Marcel. Sans un au revoir, il monta dans son véhicule, prit la tête de la troupe qui s'ébranla.

Pierre jeta le couteau dans un restant de foyer encore en activité, ramassa la roue et la posa dans une branche du vieux manguier. L'aube était avancée, le soleil se profilait à l'horizon derrière les champs de tabac, il marcha jusqu'à la propriété de Salvador pour lui emprunter un cheval.

L'hacienda était vaste ; à vingt minutes de marche, une quinzaine de chevaux y mangeait l'herbe tranquillement. Des rondins de bois formaient un enclos servant de manège à ceux qui n'avaient jamais travaillé. Salvador, au centre, une longe à la main, faisait tourner un alezan rouge foncé, au petit trop dans un sens, puis dans l'autre. Sa longue crinière se déployait à l'arrière de son cou puissant. La baguette de coudrier fléchissait en direction du cheval, sans jamais le toucher, il lui donnait des ordres et la bête les exécutait à la seconde près.

La poussière soulevée par ses quatre sabots tenait cachée la présence de Pierre, appuyé à la clôture, les « flip ! flop ! » occasionnés par le frottement du fessier du cheval à chacun de ses pas avaient quelque chose de sensuel, d'indécent presque, sa croupe superbe le désignait comme étant une jument. Salvador l'ayant aperçu, s'arrêta, tapota ses vêtements de travail imprégnés de boue, rejeta son chapeau en arrière, faisant crisser la terre raffinée par les multiples passages des chevaux, avec ses bottes de cuir noir aux éperons usés.

- Holà, Pierre ! fit-il.

- Holà, Salvador !

Pierre lui raconta ce qui venait d'arriver à la maison d'Émilia. Salvador l'accompagna jusqu'à la grande prairie, un licol dans la main. Il lui choisit un cheval, au regard plus doux que les autres, son ventre frémissait à petits coups réguliers sous les piqûres répétées des insectes voraces, sa queue fouettait l'air, chassant les plus audacieux et ses naseaux respiraient l'air ambiant, dont l'odeur de Pierre qu'il ne connaissait pas. Salvador le flatta en lui parlant. Pierre demanda une selle, n'étant pas assez bon cavalier pour monter à cru. Il jeta celle-ci, faite de tissu de laine, parsemée de pompons de couleurs vives, sur le dos de l'animal, et l'aida à l'enfourcher. Pierre le remercia, tout s'était vite passé, sans un mot de Salvador qui savait à présent qu'il ne verrait plus Catalina. Il souriait quand même sous sa belle moustache noire et lustrée, sachant qu'en amour, il n'y a pas de loi, qu'il aurait peut-être sa chance lorsque Pierre retournerait en France, repassa la clôture en se glissant entre deux rondins de bois, prit sa baguette, cingla l'air pour remettre son cheval au travail.

Au petit trot, sur sa monture, Pierre se dirigea vers la maison de Rosa, empruntant le sentier le long de la mer, sous la cocoteraie.

En chemin, il pensait à la France, à ce que lui avait dit Escobar, il avait de la famille qui ne l'attendait plus, mais qu'il serait heureux de retrouver. Ayant vécu plus de trente ans là-bas, il voulait savoir ce qu'il y faisait. Le soleil montait sous les nuages de plus en plus nombreux, c'était l'époque des grosses pluies et il se demanda s'il ne serait pas plus sage de faire accélérer l'allure de son cheval. Celui-ci devait avoir l'habitude des lieux, mangeant les jeunes pousses dans certains coins, contournant un obstacle résolument sans réfléchir, alors qu'il pouvait passer par-dessus, accélérant sur une montée caillouteuse, freinant dans les descentes boueuses comme s'il y était passé des centaines de fois.

L'odeur de la selle faite de grosse laine mélangée à la sueur du cheval, lui emplissait les narines, ainsi que l'iode venant de l'océan. Il ne croisa et ne rattrapa personne, le site était désert, les nuages menaçants, la mer s'agitait, devenant verte sur la tranche jaunâtre de la plage, le vent soulevait des paquets de poussière, l'obligeant à fermer les yeux. Des grosses boules de fibre de noix de coco imbriquées les unes aux autres, roulaient en faisant la course entre les fûts élancés, poussées par le vent, les palmes les plus sèches venaient griffer les pattes du cheval qui commençait à vouloir accélérer. Pierre le dirigea vers l'eau, le sable ralentirait son allure, au cas où il lui prendrait la fantaisie d'aller au galop. Autant il aimait aller vite en compagnie de Catalina, autant il était contre, lorsqu'il se trouvait seul.

L'orage se mit à gronder au-dessus de lui, la pluie n'allait pas tarder. Son cheval se mit de lui-même au petit trot, il devait détester la pluie. Des rats sentant l'humidité soudaine, sortaient de leurs nids faits de branchages et de fruits desséchés, courant en piaillant dans les amas de palmes, jouant à se battre, jouant à se mordre. Des petits serpents rendus vulnérables par l'approche soudaine de sa monture, se laissaient glisser dans le moindre trou. La vie animale avait besoin d'eau. Les mangroves se desséchaient à certains endroits. Des tortues, pesamment, regagnaient le rivage sans savoir que demain, elles feraient la convoitise de quelques contrebandiers. Les moustiques entouraient Pierre et son malheureux cheval, attaquant indifféremment l'un ou l'autre.

Il donna un léger coup de talon dans les flancs de l'animal, celui-ci fit un bond en avant, la forêt de palétuviers n'était plus très loin, et l'eau se mit à tomber lourdement, comme une chape, en un rideau compact à en devenir blessant. Il s'abrita sous un gros acajou. Son cheval baissait la tête et les oreilles, se mettant sur trois pattes en attendant sagement que l'eau s'arrête de tomber.

Rapidement, le sentier prenait un aspect de rivière, chaque trou se remplissait, sous les arbres, les gouttes se faisaient plus lourdes, Pierre était trempé, ses yeux ne parvenaient plus à voir la forêt, sa selle, comme une éponge pleine d'eau, semblait gonflée entre ses cuisses, le froid de ses vêtements mouillés lui faisait comme une seconde peau. Ils étaient encore à un quart d'heure de chez Rosa. Il descendit de cheval, le tira jusqu'à ce qu'il puisse l'attacher à un tronc plus petit, fit sauter ses vêtements pour se retrouver nu. Ensuite, il traversa la plage en direction de l'océan en courant et se laissa réchauffer par l'élément liquide qui grossissait. Les vagues se fracassaient en longues traînées sur le sable disparaissant sous des milliers de litres de pluie.

Se protégeant du mieux qu'il put, tournant le dos à la vague monstrueuse, il recevait ses gifles qui le ramenaient pêle-mêle sur le bord du rivage. Il n'avait plus froid, l'eau à vingt-huit degrés réconfortait ses membres frigorifiés. On était en juillet, avec son cortège de pluies brutales une ou deux heures tous les jours. Les nuages gris défilaient rapidement dans la direction de l'ouest. Il revint auprès de son cheval tout dégoulinant d'eau, remit son pantalon qu'il essora avant, jeta son tee-shirt sur l'encolure, et le délia. Une petite brise annonça la fin de la tourmente, prenant appui sur l'étrier, il sauta sur la selle qui suinta de toute son eau. Craintif, il se remit en marche vers la case de Rosa qui n'était plus très loin, le soleil apparut dans un trou immensément bleu, réchauffant la végétation qui se mit à fumer. Le cheval et Pierre fumaient aussi. La terre absorbait toute l'eau du sentier. Les arbres laissaient égoutter leurs feuilles après cette pluie diluvienne et les oiseaux de paradis sautaient de branche en branche, colorant cet enfer verdâtre de mille points lumineux, gonflant leurs plumes au soleil caressant, sifflant leur bien-être et le climat redevenu radieux.

Lorsque Pierre arriva, les trois femmes étaient dehors, occupées à détourner une petite rivière formée par un cours d'eau très proche ayant pénétré dans la maison de Rosa. La boue s'était collée au mur, les poules s'étaient réfugiées sur un tas d'écorces de noix de coco, quant à Émilia, elle repoussait l'eau avec une planche dans le lit de la rivière, aidée de Catalina, qui, la jupe retroussée, faisait avec une autre planche un mouvement de pagaie pour chasser le restant boueux encombrant la cour. Rosa mettait en sécurité le peu de bien dont elle disposait, surélevant son rocking-chair, son gaz, ses lampes à pétrole, son lit, sa table, ses petits objets restés à terre. Son potager était noyé.

Quand elles virent arriver Pierre, elles s'arrêtèrent. Il attacha son cheval à un arbre, son visage était marqué par ce qu'il venait de vivre. Elles avaient peur d'entendre ce qu'il avait à leur dire. Il prit une pelle et commença sans un mot une tranchée, l'eau descendait plus vite, quittant la pièce principale où vivait Rosa. La toiture de la maison fumait et une chaleur étouffante les obligea à quitter le domicile. Dehors, la brise marine, peu à peu, s'était calmée, et l'océan reprenait forme « humaine ».

Elles sortirent trois chaises, s'asseyant à l'ombre du vieil acacia, ainsi qu'une bouteille de rhum, le temps que Pierre reprenne ses esprits. Au troisième verre, ils n'avaient encore rien dit, Catalina s'était coulée contre lui, allumant un cigare offert par Rosa.

Tout était sec autour d'eux. De rares traces de ravinements creusaient çà et là le sentier. Il enleva la selle gonflée d'eau qu'il mit à sécher sur une clôture, le cheval se souleva de bonheur, reposant son échine aux rayons du soleil, puis revint raconter l'histoire de sa nuit agitée. Émilia l'écoutait sans rien dire, sans pleurer la perte de sa maison dévastée par les flammes, elle savait qu'il l'aiderait dans la reconstruction d'un autre logement, qu'il serait plus beau que l'ancien… il le lui avait dit… il irait acheter à La Havane tout ce qu'elles désireraient… cette nuit, il la passerait chez Rosa. Les deux copines dormiraient ensemble, tandis que lui et Catalina, on verrait… !

Celle-ci profita de l'accalmie des deux femmes aux quatre cents coups qui ne savaient pas ce qu'elles feraient à manger pour le repas du soir, Pierre ayant suggéré une omelette aux ignames, Catalina, un poulet grillé aux bananes frites… finalement, l'idée du porcelet fut retenue, accompagné de haricots rouges et de riz… pour proposer à Pierre d'aller cueillir des mangues pour le dessert. Elle lui prit la main et ils s'évanouirent dans la nature encore humide. Leurs jambes étaient couvertes de boue, leurs bras, leurs cous, le pantalon de Pierre, bien que sec, avait pris l'odeur du poulailler. À deux cents mètres de la maison, ils rentrèrent habillés dans l'océan. L'un s'accrochant à l'autre pour être moins bousculés. Elle, elle lui criait son amour, comme jamais elle ne l'avait encore fait. Les mains de Pierre la tenaient serrée, le dos contre sa poitrine, sentant sous sa chemise ses seins hérissés comme des volcans, son ventre tremblant, malgré sa fermeté, sur ses cuisses, ses fesses à la fois tendres et musclées, et son sexe mis en joie par ce moment d'intense émotion, chercha à se loger sous sa robe flottant sur l'eau comme une feuille de nénuphar.

- Mi amor ! Mi amor ! cria-t-elle avant de se retourner.

Pierre l'embrassait dans le cou, léchait sa nuque longue, savourant ce moment de tranquillité. Elle se colla à sa bouche et il la reprit par deux fois, aidé par le ressac des vagues qui venaient la pousser contre lui. Les yeux de Catalina brillaient de ce feu plus fort que celui auquel il venait d'assister, son visage baigné par la jouissance resplendissait, attirant par l'éclat de ses dents blanches sa bouche contre laquelle elle ne pouvait pas lutter, ses petites mains fouillaient son corps, comme une aveugle l'eut fait, pour reconnaître son aimé, ses jambes enlaçaient son ventre musclé, écartant ses chairs sur les siennes déjà bien meurtries, à leur accord, se faisaient l'écho de leurs envies, tandis que le soleil commençait à décliner au-delà de l'étendue liquide.

Avant qu'ils ne se couchent, fatigués, ils sortirent pour sécher leurs vêtements dans la brise chaude du soir. Leurs corps avaient encore besoin, la fréquence de leurs rapports, quoiqu'irréguliers, les obligeait à s'aimer avec violence, passion et soudaineté. Il était l'heure d'aller cueillir les mangues avant le repas du soir. Pierre mit sa tête entre les jambes de Catalina, la souleva pour qu'elle se retrouve assise sur ses épaules, tenant ses mains comme on fait avec les enfants, il marcha ainsi jusqu'à l'arbre de leur dessert. De là-haut, elle avait plus de facilité à cueillir les fruits, choisissant les plus mûrs, les moins ravagés par les oiseaux gourmands. Sur son cou, il sentait sa chaleur de femme, ce point sensible doux et soyeux qu'il avait écarté un quart d'heure auparavant. L'endroit semblait encore palpiter comme le fait un muscle fatigué, une paupière lourde.

Il savait que le temps était venu d'annoncer son départ, mais ne sachant comment s'y prendre, il attendait l'occasion, un moment de répit où toute forme de gaieté serait exclue de leur relation affective. Lâche, il l'était dans l'âme, pas dans la bravoure, pas dans les actes, mais il savait qu'au fond de lui-même que l'attrait de l'inconnu était plus fort que ses intentions de vivre une vie honnête, monotone ou fastidieuse.

Sa passion pour ce qui l'entourait l'aidait à respirer, à ne pas mourir tout de suite, à ralentir le vieillissement de sa peau, en bannissant le quotidien, la routine, l'exaspération de la répétitivité d'une idée, d'un geste, d'une parole. Sans passion, rien ne comptait dans sa vie. Lorsque l'une disparaissait, il s'en inventait une autre pour avoir ce regain de vie qu'ont encore les enfants à découvrir de nouveaux jeux.

Quelques mois plus tard, la maison d'Émilia avait été reconstruite. Tout pour le confort, jusqu'au moindre détail, avait été racheté, selon les arrivages dans les grands magasins de La Havane. Pierre avait également racheté quelques meubles pour Rosa, un téléviseur, des accessoires pour sa cuisine, une voiture pour Catalina, qui conduisait tous les matins sa mère dans la belle ville d'Holguin, ou à Gibara pour faire quelques promenades dans les jardins luxuriants ou au port pour acheter le poisson frais. Il avait payé le vieux Carlos pour son aide médicale, offert un cheval à Léonardo pour qu'il se rende plus vite d'une cocoteraie à une autre, et qu'il se sente moins seul, distribué un peu d'argent à ceux qui l'avaient aidé. Bref, en paix avec sa conscience, il ne lui restait plus qu'à annoncer son départ.

Catalina ne semblait s'apercevoir de rien, sa mère, par contre, avait du mal depuis un moment à le retrouver tel qu'elle l'avait connu. Souvent triste, il refusait les avances de Catalina, s'échappant par un moyen quelconque, refusant l'amour, se refusant à l'aimer, essayant de provoquer ce moment douloureux pour enfin pouvoir respirer. Le temps n'a pas de prise sur l'homme qui est aimé, lorsque Catalina vint lui dire qu'elle était enceinte, il bascula dans un gigantesque naufrage de la pensée, ne refusa pas l'événement, mais ne trouva plus les mots qu'il avait eu tant de mal à trouver, les phrases qu'il avait eu tant difficulté à construire.

Un jour qu'il faisait beau, restant dans le bohio avec cette impression de n'avoir rien à faire, les deux femmes l'entendirent remuer du linge dans l'armoire de sa chambre qu'il avait fait fabriquer tout exprès. Pierre empilait quelques vêtements dans une valise.

Abandonnant son travail, il alla les rejoindre et leur dit qu'il allait s'absenter pendant quelques semaines, voire quelques mois afin de remettre de l'ordre dans sa vie. Catalina se sauva en direction de l'océan, sa mère se mit à pleurer abondamment, Pierre, consolant l'une, voulant courir après l'autre, ne savait plus comment faire. Finalement, il embrassa Émilia et courut après Catalina.

Il la retrouva assise sous le vieux palétuvier en bordure de l'eau, pleurant à chaudes larmes, ses hoquets déchiraient le silence des environs, et sa poitrine, sous le fin tissu, se soulevait au rythme de son sanglot. Il s'assit auprès d'elle, lui murmura des mots doux, parcourant de sa large main son ventre encore plat. Il n'était pas à l'aise, ne sachant pas ce qu'il allait trouver en France, ne voulant surtout pas faire des promesses imbéciles qu'il ne parviendrait pas à tenir, mais voulant la réconforter en lui disant qu'il l'aimait et qu'il ne l'oublierait jamais. Bref, des banalités, des habitudes qu'ont les hommes avant de passer à autre chose, qui ne correspondaient en rien en ce qui le concernait. Le ventre noué, il la caressait, essayait de relever son menton pour la regarder dans les yeux, essuyait ses larmes roulant en grosses gouttes sur ses joues satinées.

- Il faut que je parte, lui dit-il, il faut que je retrouve ma raison… ma vie de jadis… avoir comme toi des souvenirs pour te les faire partager… de bonnes raisons de rester ici, avec toi, et l'enfant qui va naître… de vivre une vie plus libre, plus amoureuse, plus tendre… !

Pierre ne savait plus quoi dire, il s'écoutait parler et les mots restaient englués dans un reproche intérieur, un regret de devoir partir, une infinie tristesse de devoir se séparer d'elle.

- Tu n'es pas bien ici ? fit Catalina en pleurant encore plus, depuis deux ans, nous t'avons adopté, soigné, logé, aimé, choyé... ! Mes parents t'ont aimé plus qu'Alonso qu'ils ne voient jamais... Et nous deux dans cette histoire ? hein ? tu en fais quoi ? dis... tu en fais quoi ? qui je suis pour toi ? !

Petit à petit, sa tristesse faisait place à la rage et ses larmes s'arrêtèrent de couler. Elle se mit debout pour être son égal et il se leva aussi. Elle le regardait avec un regard noir, cynique, et ses poings vinrent tambouriner son torse musclé. Il la laissa faire, attendant la fin de la tempête, comme elle le lui avait appris, lorsque le vent couche les palmiers en bordure de mer, flagelle de son sable blanc la peau du visage, piquant les yeux, rentrant dans les oreilles. De sa main, il lui fit un bâillon sur la bouche, l'attirant vers lui de sa main libre, la serrant à l'étouffer pour qu'elle ne puisse plus rien dire, sa peau était salée comme si elle s'était baignée.

Avisant un cours d'eau traversant la plage, il la poussa doucement devant lui jusqu'à ce qu'ils soient dedans, l'eau était douce, claire, provenant des montagnes situées dans la sierra Maestra près de Bayamo, à une centaine de kilomètres, les nombreux cours d'eau atterrissaient ici dans l'océan, se frayant un chemin parmi les dédales montagneux. Une cuvette leur permit de s'y asseoir tout habillés, et il lui rinça le visage avec cette eau chaude, douce comme une caresse, elle se laissa faire, le regardant avec mépris, puis fixa l'horizon devant elle, l'horizon de ce que serait son avenir.

- Je reviendrai ! lui dit-il finalement, je reviendrai, soit pour t'enlever, soit pour te garder... !

Ils avaient l'air de deux chiens battus dans une baignoire d'eau. Il n'y avait qu'eux à des kilomètres à la ronde, et les rares promeneurs à cette heure de la journée auraient été fort surpris de les découvrir dans cette tenue.

- Quand vas-tu t'en aller ? demanda-t-elle d'une petite voix qui s'était radoucie.

- Demain matin ! Tu me conduiras à Holguin si tu le veux bien.

- Ça va être très long... tu ne sais pas encore ce qui t'attend, lui fit-elle, peut-être as-tu une femme... ? Alors que feras-tu ? Ici, tu étais heureux... je crois ?! Pourquoi aller rechercher ce qui est mort... ?

Pierre savait tout ça, il avait pensé à toutes ses questions, et maintenant qu'il pouvait y répondre, il se contentait de laisser couler avec sa main le sable mouillé en longs filets pour en faire de petits châteaux.

- Tu t'en fiches de moi ! de nous... ! Tu ne penses qu'à toi ! qu'à tes souvenirs qui te feront mourir... ! Parce que moi, je ne serai plus là !!

Ses pleurs reprenant de plus belle, elle s'arracha à lui et courut s'enfermer dans un atelier que Pierre avait fait construire en souvenir de Miguel. Au-dessus de la porte d'entrée, il y avait placé la roue de bicyclette tenue par quatre clous. Il frappa à la porte une bonne partie de la nuit, avant qu'elle ne lui ouvre.

Dans l'avion qui le ramenait en France, il revoyait son départ de La Havane : Émilia tenant le bras de sa fille pour ne pas la perdre, tous ces gens qui se bousculaient autour des porteurs traquant le client pour le soulager des bagages volumineux, les appels des gens perdus criant après d'autres qui ne se retrouvaient pas, et lui, pétrifié, ne sachant que dire aux deux femmes éplorées.

Dans la voiture qui les avait amenés à Holguin, conduite par Catalina, le silence avait été d'or, chacun regardant distraitement la route et les multiples champs de tabac ou de cannes à sucre. Il leur avait payé le voyage aller et retour Holguin - La Havane pour qu'elles puissent assister à son embarquement. Le premier décollage à Holguin s'était passé parfaitement, Josepha n'étant pas sur le voyage. Émilia, prenant l'avion pour la première fois, s'était mise entre eux deux, leur serrant le bras si fort que le muscle de Pierre était encore tout ankylosé, Catalina laissait échapper son regard vers des horizons qu'il ne lui connaissait pas, elle était terriblement triste, accentuant l'angoisse dont il se sentait lui-même affligé.

Dans son for intérieur, quelque chose lui disait qu'il avait raison de partir, mais ne sachant pas vraiment pourquoi, il devenait inquiet, comme pourrait le devenir n'importe qui au cours d'un voyage sans lendemain. Il se souvenait d'une phrase entendue jadis qui disait que l'« on ne va jamais aussi loin que lorsque l'on ne sait pas où l'on va », aujourd'hui, c'était son cas. À La Havane, elles l'avaient aidé à porter ses bagages, réunissant une valise et un sac dans lesquels elles avaient rassemblé les rares vêtements qu'il pourrait encore mettre en France.

Il s'était habillé à Holguin, achetant un complet beige et une chemise qui le faisait ressembler à un steward. Ses chaussures un peu dures lui brisaient les pieds, telles deux étaux aux mâchoires puissantes.

À l'aéroport de La Havane, n'y tenant plus, Catalina s'était jetée dans ses bras, épouvantablement perdue, en larmes, l'embrassant comme s'ils venaient de se découvrir. Toute tremblante, elle l'avait supplié de revenir, s'attachant à lui sans se soucier du monde qui pouvait les regarder, Pierre avait répondu à toutes ses demandes, souhaitant que les haut-parleurs viennent mettre un terme à ce climat qui lui rappelait quelque chose de son passé.

Émilia pleurait, retraçant la vie de son homme en phrases raccourcies, lui rappelant que Miguel l'avait beaucoup aimée et qu'elles ne pourraient jamais totalement l'oublier au cas où il ne reviendrait pas…

Son avion était au-dessus des nuages, chaque siège était occupé, emmenant ses trois cent vingt passagers vers la France et de nouvelles aventures.

... Une fois à Marseille, il se rendrait à Nice, dans son appartement dont il ne se souvenait plus. Il avait noté l'adresse dans le fond de sa valise sur un papier jauni qu'Émilia lui avait donné, il y retrouverait des documents, peut-être des photos, des objets, des gens… Bref, la source et la réponse à ses angoisses…

Le voyage allait être long, dix heures sans pouvoir bouger, avec d'un côté un enfant qui n'arrêtait pas de gigoter, et de l'autre une dame qui ne parlait que l'anglais. Il allongea ses jambes entravées par le dossier de son voisin d'en face, et la tête rejetée en arrière, s'endormit pour ne plus penser. Lorsqu'il se réveilla, l'hôtesse faisait passer les plateaux pour le repas. Sa voisine lui donna le sien, et il fit passer celui pour l'enfant qui avait changé de siège. À sa place, il y avait une femme blonde qui pliait son livre ; elle le remercia. Pierre regarda sa montre, il avait dormi deux heures.

Les passagers mastiquaient à l'unisson, ne parvenant plus à parler, comme les vaches de Michaël à Banès devant leur auge. Ils attrapaient avec difficulté, à l'aide d'une fourchette en plastique, les petits bouts de viande coupés miraculeusement par le petit couteau fait dans la même matière. Tout était minuscule. Pierre avait demandé du vin, la blonde buvait de l'eau, embarrassée par différents sachets encombrant son plateau.

Elle avait commencé par le plat principal qui était de la poule au riz. Son gobelet de plastique posé dans l'anneau prévu contre le dossier de sa voisine d'en face tremblait. Cette dernière ayant refusé de manger, jouait avec un jeu électronique et ses soubresauts entraînaient un séisme sur son plateau, faisant gicler l'eau par-dessus les bords de son verre et arrosant ses pieds.

- Elle va tout vous faire tomber ! lui dit-il, mangez plus vite, sinon, vous n'aurez plus rien !

Agacée, elle se pencha et dit :

- S'il vous plaît, arrêtez-vous de bouger ! Vous me faites tout tomber.

Surprise, la femme électrique se retourna et s'excusa. Pierre entamait un chou à la crème recouvert de caramel, trouvant ça très bon, il redemanda une petite fiole de vin.

- Vous voulez le mien ? lui demanda la jeune femme.

- Avec plaisir ! répondit-il, vous n'en voulez pas ? Merci !

La femme le regarda manger son chou, qu'il mit entièrement dans sa bouche. Ses yeux clairs admiraient sa stature, son comportement, ses manières un peu campagnardes, les objets dans ses mains énormes semblaient disparaître chaque fois qu'il les touchait, sa peau bronzée indiquait qu'il venait de passer des vacances assez longues pour parfaire cette uniformité.

Se sachant épié, il se retourna vers elle et lui demanda en souriant :

- Vous n'êtes pas gourmande ?

- Pas toujours, fit-elle en riant de sa question, en général, on mange assez bien sur ces avions, mais le confort laisse à désirer... !

Il laissa retomber la conversation, attendant que l'hôtesse enlève leurs plateaux. La femme en face n'osait plus bouger, ayant troqué son jeu pour un livre. L'Anglaise se faisait servir un thé, et eux, un café.

- Vous voulez mon sucre ? lui demanda-t-elle.

- Vous voulez tout me donner ! s'exclama-t-il.

- Non ! Mais je suis au régime... je ne peux plus en manger...

- Voulez-vous un alcool ? Je vous l'offre, fit Pierre.

- Je veux bien un cognac, fit-elle en lui souriant.

L'hôtesse revint avec deux verres, ils trinquèrent à leur voyage et à la fin de leurs vacances, elle était institutrice, célibataire, était allée à Cuba quinze jours pour faire une étude sur les gens et leurs problèmes rencontrés sur le plan tant politique que privé, elle devait avoir quarante ans, son visage rougi par le soleil, rongé par le sel, avait été plus de fois à l'abri d'un chapeau fabriqué à l'aide de lanières de feuilles de palmier, qu'exposé aux intempéries. Elle avait revêtu un pull léger ainsi qu'une robe de tissu multicolore, achetés sûrement sur place. Les genoux cachés, sa robe descendait jusqu'à mi-mollets. Elle sortit ses pieds de ses sandalettes en cuir, et Pierre vit ses doigts s'agiter en cadence pour se délasser, ses avant-bras avaient pelé, ses mains sans aucun bijou trituraient un foulard de soie.

- Je vais vous demander de me laisser passer, fit-elle en s'excusant.

Il se leva de son siège en se penchant vers l'arrière de manière à ne pas la gêner. Elle avait remis ses sandalettes, et son corps près du sien, il remarqua qu'elle était aussi grande que lui, un parfum puissant accompagnait sa trajectoire, Pierre demanda pardon à l'Anglaise, et alla faire quelques pas dans le couloir. Beaucoup de gens étaient debout, l'écran indiquait qu'ils étaient au-dessus de l'océan, à dix mille mètres d'altitude. Il y avait encore sept heures à tuer. Il attendit qu'elle revienne à sa place pour rentrer dans le rang.

Les toilettes étaient prises d'assaut, une sonnerie vint les prévenir de regagner leurs places, une perturbation était annoncée. Les gens regagnèrent leurs sièges, et la blonde ressortit des toilettes complètement transformée. Il la vit marcher à petits pas, se tenant aux dossiers pour ne pas vaciller, passer devant lui en s'excusant, et aller se rasseoir en faisant attention à ne pas froisser sa jupe de tissu blanc, ses jambes étaient dorées par le soleil, longues, avec une peau très fine.

Elle s'était changée, maquillée, et le parfum dont elle s'était aspergée emplissait l'avion de sa présence. Elle se releva, prit dans un coffre un sac, y mit ses sandalettes et les remplaça par des souliers à hauts talons qu'elle n'enfila pas.

L'hôtesse commençait à distribuer des couvertures pour ceux qui le désiraient, un écran diffusait un film américain auquel Pierre ne comprenait rien, ayant oublié de brancher son oreillette.

Il prit une couverture, regarda tristement son film en pensant à ceux qui s'éloignaient de lui, de plus en plus inquiet, il pensait à Catalina, à leurs promenades, et surtout à cet enfant qui allait voir le jour, peut-être était-il de Salvador... après tout, lui aussi avait eu une liaison avec elle. Non, c'était impossible ! c'était stupide ! pas à l'époque où il voyait régulièrement Catalina…

La dame blonde lui demanda la permission de partager son accoudoir. Il se retourna vers elle ; bien calée sur son reposetête, elle s'était drapée dans sa couverture, les genoux recroquevillés, elle avait baissé la lumière du plafonnier, ne sachant pas trop comment se mettre pour passer la nuit. Il acquiesça en souriant, tournée vers lui, la joue sur l'appuinuque, elle fermait les yeux en les ouvrant de temps en temps à son insu, regardant son profil, ses cheveux épais, sa barbe naissante, sa moustache bien coupée, son torse d'athlète, la vigueur de ses membres sous ses habits neufs.

Il ne dormait pas, le parfum de sa voisine était si puissant qu'il en avait les sinus irrités. Pas habitué à s'endormir assis, excepté à l'ombre des manguiers en bord de mer, il commençait à s'ennuyer, il jeta sans conviction la couverture sur ses jambes, bousculant un peu l'Anglaise qui s'était assoupie, puis, miné par la fatigue, il sombra à son tour.

Ce fut le souffle de sa voisine pas loin de sa bouche qui le réveilla, toujours tournée vers lui ; leurs visages ne se trouvaient plus qu'à quelques centimètres. Elle sentit qu'il la regardait. Noyant ses yeux bleus dans les siens qui étaient d'un noir profond, ils restèrent ainsi sans oser bouger pendant de longues minutes, souriant et pensant à ce qui arriverait si leurs bouches venaient à se toucher. Le regard de l'un essayait d'hypnotiser le regard de l'autre. Sous la couverture de la femme blonde, il se passait quelque chose. Sa jupe tomba entre les deux sièges. Dans les allées, tout le monde dormait. Il croisa sa couverture sur la sienne comme s'ils avaient été un couple normal. Leurs mains se touchaient et elle lui souriait pour l'encourager à aller plus loin. Il redressa l'accoudoir qui les séparait, gênant sa tentative de caresses ; il avait la main sur sa fesse gauche, s'apercevant avec les doigts qu'elle était en string. Son autre main, par de petites pressions successives, lui indiquait qu'elle était consentante, s'il le désirait. Leurs bouches se prirent, d'abord timidement, puis généreusement, les soûlant de plaisir en les incitant à faire mieux. Elle s'assit alors normalement, les pieds posés au sol, les jambes écartées, toujours recouverte des deux couvertures, sentit qu'il déboutonnait son chemisier en commençant par le bas, puis qu'il se mettait à peser légèrement sur sa féminité, elle entrouvrit le petit carré de soie, regardant aux alentours si personne ne venait, son foulard cachait aussi ses jambes jusqu'au ras du sol, faisant disparaître sa jupe tombée sur ses souliers.

Dans la faible obscurité qui s'était faite, sous les plafonniers éteints, Pierre pouvait à loisir exercer son art, devinant sur le visage de sa voisine tout le bien qu'il lui donnait, elle avait refermé les yeux, ne les ouvrant de temps en temps que pour le regarder agir, la bouche légèrement ouverte, sa respiration était devenue saccadée parsemant l'air de son haleine un peu sucrée. Pierre tenait sous ses mains expertes l'envie la plus chaude, la plus humide qu'il n'avait pas connue depuis longtemps, elle s'écartait sagement, sans trop le faire voir, poussait ses jambes sous le siège avant, s'offrant au maximum aux caresses de plus en plus précises de son voisin.

L'envie est une chose, l'orgasme en est une autre. Ils étaient gagnés par les deux simultanément et il sentit sa main ouvrir son pantalon, prendre ce qu'il avait de plus précieux. Sa carrure oscilla sous la caresse ultime, tandis qu'elle laissait échapper un souffle rauque à plusieurs reprises, comme un dormeur en train de rêver. Ils remirent de l'ordre dans les couvertures et leurs tenues, et s'embrassèrent à pleine bouche avant de se caler pour terminer la nuit.

Ce fut le commandant de bord qui les réveilla, annonçant l'atterrissage une heure plus tard sur l'aéroport de Marseille.

Elle s'étendit à côté de lui en souriant, surprise tout à coup par son chemisier resté ouvert laissant échapper un sein bien lourd, se reboutonna, renfila ses chaussures et disparut aux toilettes. Pierre savait que le plus dur restait à venir.

Quand elle revint, il se leva à son tour, alla se passer de l'eau sur le visage. Demain, il serait à Nice.